モアナと伝説の海2

エリザベス・ルドニック／著
代田亜香子／訳

★小学館ジュニア文庫★

CONTENTS
もくじ

1. 海《うみ》に選《えら》ばれた娘《むすめ》 008

2. 道《みち》を見《み》つける者《もの》 016

3. 半《はん》神《しん》半人《はんじん》マウイ 030

4. あたらしいタウタイ 040

5. わたしはモトゥヌイのモアナ 050

6. モトゥフェトゥの島《しま》へ 060

7. 神《かみ》の領域《りょういき》に囚《とら》われたマウイ 071

8. 彗星《すいせい》を追《お》いかけて 077

9. ココナッツ海賊《かいぞく》カカモラ 087

10. 巨大《きょだい》な貝《かい》との死闘《しとう》 097

11. モアナはどこだ？ 107

12. マタンギの忠告《ちゅうこく》 114

13. 再会《さいかい》 123

14. たくされた運命《うんめい》 132

15. 仲間《なかま》たちの絆《きずな》 147

16. 海《うみ》に沈《しず》んだ島《しま》 154

17. 嵐《あらし》の神《かみ》ナロの怒《いか》り 162

18. モアナの海《うみ》 170

19. つながった海《うみ》の民《たみ》 179

エピローグ 188

1 海《うみ》に選《えら》ばれた娘《むすめ》

熱帯《ねったい》の島《しま》、青《あお》い海《うみ》にかこまれたモトゥヌイでは、人々《ひとびと》が幸《しあわ》せに暮《く》らしている。

ここは、そのモトゥヌイからはるか遠《とお》くはなれた、人気《ひとけ》のない島《しま》の密林《みつりん》。

のぼったばかりの朝日《あさひ》の光《ひかり》が、木々《きぎ》のうっそうとした葉《は》のあいだをぬってさしこみ、ツタでおおわれた地面《じめん》がところどころきらめいている。

あたりは、しーんと静《しず》まりかえっている。

たまにきこえてくるのは、鳥《とり》の鳴《な》き声《ごえ》。

あとは、海岸《かいがん》にやさしく打《う》ちよせてくる波《なみ》の音《おと》だけ。

と思《おも》ったら……ビュ――――ン！

木々《きぎ》のあいだを、オールを手《て》にしてものすごい勢《いきお》いでかけぬけていく人影《ひとかげ》があった。

モトゥヌイの村長《むらおさ》の娘《むすめ》、十九歳《じゅうきゅうさい》のモアナだ。

長《なが》いウェーブヘアをなびかせ、集中《しゅうちゅう》して眉《まゆ》をぐっとよせている。

三年前《さんねんまえ》の冒険《ぼうけん》の旅《たび》で、〈道《みち》を見《み》つける者《もの》〉として海《うみ》に選《えら》ばれたモアナは、モトゥヌイ以《い》外《がい》にも人《ひと》が住《す》んでいる場所《ばしょ》があると信《しん》じ、まだ見《み》ぬ土地《とち》を探検《たんけん》しつづけている。

全速力《ぜんそくりょく》で走《はし》るモアナを、鼻息《はないき》の荒《あら》い獣《けもの》が追《お》いかけてくる。

モアナが悲鳴《ひめい》をあげて、いきなりとまる。

あと一歩《いっぽ》で、深《ふか》い谷底《たにぞこ》に落《お》っこちるところだった。

谷《たに》のむこうには高《たか》い山《やま》がそびえている。

モアナはふりかえって、うしろを見《み》た。

獣《けもの》はいまにも追《お》いついてきそうだ。

こうなったらもう、思《おも》いきってむこう側《がわ》の岩場《いわば》にジャンプするしかない。

エイッ……ヒューン!

無事《ぶじ》、谷《たに》をこえて岩場《いわば》に着地《ちゃくち》。

オールでからだを支《ささ》えながら呼吸《こきゅう》をととのえる。

獣《けもの》の鼻息《はないき》がますますやかましくなってくる。

どんどん近《ちか》づいてきて……。

「プア！」

モアナはさけんでにっこりした。

さっきまでいた谷《たに》のむこう側《がわ》にあらわれたのは、おそろしい獣《けもの》ではなく、仲《なか》よしのかわいい子《こ》ブタのプア。

短《みじか》い足《あし》をブルブルふるわせながら、息《いき》をきらしてブーブー言《い》っている。

「あとちょっとだよ！　ピョンってしちゃえばすぐだから」

モアナは軽《かる》くはげましてから、ちょっと目《め》をそらして言《い》う。

「たぶん、ね」

プアがおそるおそる谷底《たにぞこ》を見《み》てから顔《かお》をあげて、もう一度《いちど》モアナをじっと見《み》た。

(この目《め》って……うん、そういうことだよね)

プアはもう、一歩《いっぽ》だって自分《じぶん》の足《あし》で前《まえ》に進《すす》みたくないようだ。

指《ゆび》は痛《いた》いし足《あし》はつりそうだけど、モアナは山《やま》の斜面《しゃめん》を登《のぼ》っていた。

背中《せなか》にくくりつけたプアが、こわがってブヒブヒ鳴《な》いている。

（まあ、ムリもないか）

両手足《りょうてあし》でつかまっている切《き》りたった岩《いわ》の壁《かべ》が、たまにボロッボロッとくずれる。

「ねえ、いっしょに来《く》るって言《い》ったのはプアなんだからね」

モアナは言《い》いながら、腕《うで》をぐいっとふりあげて岩棚《いわだな》をつかんだ。

指《ゆび》が平《ひら》たい地面《じめん》に触《ふ》れて……やったーっ、頂上《ちょうじょう》に着《つ》いた！

うんしょっ、とプアごとからだをもちあげると、目《め》の前《まえ》にいたのは……。

「ヘイヘイ⁉　どうやって？」

モアナは声《こえ》をあげて、友《とも》だちのニワトリ、ヘイヘイをじっと見《み》つめた。

オトボケもののヘイヘイは、キョトンとした顔《かお》でモアナを見《み》つめかえしている。

やれやれ、またわたしの旅《たび》についてきたわけね……首《くび》をふって、モアナは立《た》ちあがった。

今回《こんかい》の旅《たび》でモアナが見《み》つけたこの島《しま》は、小《ちい》さな無人島《むじんとう》で、まわりじゅうでマリンブルーの海《うみ》が朝《あさ》の光《ひかり》にきらめいている。

モアナはゆっくりと深呼吸《しんこきゅう》をして、新発見《しんはっけん》のよろこびにひたった。

いつだって、あたらしい場所《ばしょ》に立《た》つとワクワクする。

ネックレスに手《て》をのばして、小《ちい》さい貝《かい》をひとつひもからはずすと、地面《じめん》においた。

これまでもさんざん、無人島《むじんとう》を発見《はっけん》するたびにしてきたしきたりだ。

そしてベルトにさしていたほら貝《がい》を手《て》にとって、口《くち》もとにもっていって吹《ふ》いた。

音《おと》がいくつもの波《なみ》をこえ、水平線《すいへいせん》までひびきわたる。

モアナは期待《きたい》に胸《むね》をふくらませて耳《みみ》をすませた。

「なんかきこえた？」

プアとヘイヘイにたずねて、チラッとふりかえる。

プアは耳《みみ》をピンと立《た》てて首《くび》を横《よこ》にふっているし、ヘイヘイはキョトン顔《がお》のまま。

あーあ、やっぱり返事《へんじ》はないか……モアナはまた海《うみ》を見《み》わたした。

「海《うみ》のどこかに仲間《なかま》がいるはずなの。ほかの村《むら》があって……いつかきっと、だれかがこたえてくれるはず……」

ん？　モアナはふいに口《くち》をつぐんだ。

背後《はいご》から、返事《へんじ》のほら貝《がい》のような音《おと》がきこえた気《き》がする。

もしかして……モアナは期待《きたい》に目《め》をかがやかせた。

崖《がけ》のほうをふりかえると、ヘイヘイとプアが平《たい》らな石《いし》の上《うえ》にのっている。

さっきの音《おと》は、ヘイヘイが貝《かい》をのみこんで喉《のど》につまらせている音《おと》だった。

(なーんだ、まったく、ヘイヘイはいっつもこうなんだから)

ヘイヘイが貝《かい》をピュッと吐《は》くと、そのひょうしに、のっていた石《いし》がぐらぐらしだした。

崖《がけ》から落《お》っこちる！

「えっ、うわっ、わーっ、ダメ！　ダメダメダメ！」

モアナはさけんで、キャッチしようとしたけど、あっと思《おも》ったときはもう、モアナはプアとヘイヘイもろとも、さっき登《のぼ》ってきた崖《がけ》から転《ころ》がり落《お》ちていた。

ツタにからまって、地面《じめん》への激突《げきとつ》を防《ふせ》げたと思《おも》ったとき……。

ポカッ！　あとから落《お》ちてきたオールがモアナの頭《あたま》を直撃《ちょくげき》。

「あっ……だぁーっ！」

ドサッ。

森《もり》の地面《じめん》に落《お》っこちたモアナは、うめき声《ごえ》をあげながらからだを起《お》こした。

あたりを見《み》まわし、目《め》を見《み》ひらく。

生《お》い茂《しげ》るツタにびっしりとついた葉《は》っぱのあいだに、小《ちい》さな祭壇《さいだん》のような岩《いわ》があって、光《ひかり》があたっている。

「コッ！」

いきなりヘイヘイがその岩《いわ》のうしろから顔《かお》を出《だ》して、モアナはギョッとした。

もうっ、びっくりさせないでよ。

笑《わら》っていると、ヘイヘイが頭《あたま》になにかをかぶっているのが見《み》えた。

目《め》を細《ほそ》くしてよくよくながめると、口《くち》のところが欠《か》けた小《ちい》さな器《うつわ》みたいだ。

ヘイヘイの頭《あたま》からその器《うつわ》をはずして、じっと見《み》つめる。

（これってもしかして……）

表面《ひょうめん》をうっすらおおっている土《つち》を払《はら》うと、指《ゆび》にでこぼこした感触《かんしょく》がある。

彫《ほ》られているのは、人々《ひとびと》の姿《すがた》。

その人々《ひとびと》は島《しま》の上《うえ》にいて、頭上《ずじょう》の空《そら》には星座《せいざ》が彫《ほ》られている。

やった！　やっと見《み》つけた！

胸《むね》が踊《おど》って、モアナはよろこびの声《こえ》をあげた。

とうとう、モトゥヌイ以外《いがい》にも人間《にんげん》がいるっていう証拠《しょうこ》を見《み》つけた！

はやく島《しま》にもどって、村《むら》の人《ひと》たちに見《み》せなくちゃ。

村長《むらおさ》のお父《とう》さんなら、この星座《せいざ》の意味《いみ》やこの島《しま》の場所《ばしょ》がわかるかもしれない。

「ヘイヘイ！　エラい、やったね！」

モアナは笑《わら》いながら、くるっとむきを変《か》えて海岸《かいがん》にむかってかけだした。

立《た》ちどまって、プアとヘイヘイのほうをふりかえる。

プアは岩《いわ》の前《まえ》につっ立《た》ったままポカンとしている。

コツコツ……ヘイヘイは反対方向《はんたいほうこう》に歩《ある》いていこうとしている。

「なにやってるの？」

モアナは、はやくというふうに手《て》まねきをした。

「おうちに帰《かえ》ろう！」

2 道《みち》を見《み》つける者《もの》

モアナは舟《ふね》の先頭《せんとう》に立《た》ち、星《ほし》を読《よ》んで方向《ほうこう》を見定《みさだ》める。
ふかーく息《いき》を吸《す》って、ゆっくりと吐《は》く。
大好《だいす》きな友《とも》だちの海《うみ》とハイタッチする。
波《なみ》がしぶきをあげて、風《かぜ》が髪《かみ》をなびかせる。
モトゥヌイがやさしい手《て》でそっとひきよせてくれるのを感《かん》じる。
冒険《ぼうけん》は楽《たの》しいし、心《こころ》が踊《おど》る。
水平線《すいへいせん》のむこうにはいつだって、あたらしい発見《はっけん》が待《ま》っているから。
だけど、家《いえ》に帰《かえ》るときもワクワクして胸《むね》がはずむ。

いまごろ村《むら》では、子《こ》どもたちが集会所《しゅうかいじょ》にすわって、モニの話《はなし》にききいっているはずだ。
大《おお》きなからだにやさしい瞳《ひとみ》、ウェーブヘアをひとまとめにしたモニは、村《むら》でいちばん歴《れき》

史《し》にくわしい十九歳《じゅうきゅうさい》の青年《せいねん》。

モトゥヌイの祖先《そせん》で最初《さいしょ》に海《うみ》に出《で》ていった探検者《たんけんしゃ》たちの物語《ものがたり》を、子《こ》どもたちに語《かた》ってきかせている。

もちろん、昔《むかし》の話《はなし》だけではなく、つい最近《さいきん》の冒険《ぼうけん》の話《はなし》もする。

三年前《さんねんまえ》のモアナとマウイの物語《ものがたり》だ。


マウイは、半分神様《はんぶんかみさま》で半分人間《はんぶんにんげん》。

筋肉《きんにく》モリモリのガッシリと大《おお》きなからだをして、褐色《かっしょく》の肌《はだ》にはタトゥーがびっしり入《はい》っている。

バサッとおろしたクルクルの黒髪《くろかみ》は肩《かた》より長《なが》くて、大《おお》きな口《くち》にいつも自信《じしん》たっぷりな笑《え》みを浮《う》かべている。

風《かぜ》と海《うみ》をつかさどっていて、自然《しぜん》を自由自在《じゆうじざい》にあやつることができ、神《かみ》にもらった巨大《きょだい》な釣《つ》り針《ばり》をひとふりすれば、どんな生《い》きものにも姿《すがた》を変《か》えられる。

こわいもの知《し》らずで楽天家《らくてんか》なマウイはかつて、自信満々《じしんまんまん》なあまり、女神《めがみ》テ・フィティの

〈心《こころ》〉を奪《うば》って英雄《えいゆう》になろうとした。

テ・フィティは怒《いか》りくるい、溶岩《ようがん》の魔物《まもの》に姿《すがた》を変《か》えて、世界《せかい》を闇《やみ》でつつもうとした。

その影響《えいきょう》は、モアナの住《す》んでいるモトゥヌイにもあらわれた。

島《しま》も海《うみ》も危険《きけん》にさらされていると気《き》づいたモアナは、タラおばあちゃんから、『奪《うば》われた心《こころ》をテ・フィティに返《かえ》さないかぎり平和《へいわ》はもどってこない』ときかされる。

当時《とうじ》モトゥヌイでは、かつてご先祖《せんぞ》たちが海《うみ》に出《で》て命《いのち》を落《お》としたことから、サンゴ礁《しょう》のむこうに行《い》くことは禁《きん》じられていたが、モアナはひとり航海《こうかい》に出《で》ることを決意《けつい》した。

海《うみ》の神秘的《しんぴてき》な力《ちから》に導《みちび》かれて。

マウイを見《み》つけて、テ・フィティに心《こころ》を返《かえ》させるために。

ところがやっと出会《であ》えたマウイは、自分《じぶん》の英雄的《えいゆうてき》な行《おこな》いが大災害《だいさいがい》をひきおこしたことでトラウマをかかえた、大口《おおぐち》ばっかりたたく、ひねくれ者《もの》の自己中《じこちゅう》ヤローだった。

だけど、モアナのまっすぐな明《あか》るさに触《ふ》れるうちに本来《ほんらい》のやさしさをとりもどし、頼《たよ》れる旅《たび》のパートナーになった。

そしてふたりは力《ちから》を合《あ》わせてテ・フィティに心《こころ》を返《かえ》し、海《うみ》と島《しま》の平和《へいわ》をとりもどした。

モアナはそれ以来《いらい》、海《うみ》に選《えら》ばれた〈道《みち》を見《み》つける者《もの》〉として、モトゥヌイ以外《いがい》の島《しま》に暮《く》らす人《ひと》を見《み》つけるための旅《たび》をくりかえしている。

マウイのほうは、いまどこを旅《たび》しているかはだれも知《し》らない。


ふたりの冒険《ぼうけん》の物語《ものがたり》を語《かた》ってきかせるモニは、大《だい》のマウイオタクで、マウイにいつか会《あ》うのが夢《ゆめ》だ。

樹皮《じゅひ》でつくった布《ぬの》に描《か》いた絵《え》を見《み》せながら語《かた》るモニのまわりでは、モアナにあこがれる子《こ》どもたちが目《め》をキラキラさせて、物語《ものがたり》にききいっている。


岸近《きしちか》くの海《うみ》では、村《むら》の人《ひと》たちがそれぞれの舟《ふね》で波《なみ》を乗《の》りこなしている。

あらたな旅《たび》から帰《かえ》ってきたモアナは、なつかしいサンゴ礁《しょう》のむこうに大好《だいす》きなモトゥヌイの村《むら》を見《み》て胸《むね》がいっぱいになった。

あっ、お父《とう》さん！

村長《むらおさ》であるお父《とう》さん、トゥイが、舟《ふね》に乗《の》ってこちらに近《ちか》づいてくる。

モアナがはじめてひとりで旅《たび》に出《で》たころは航海《こうかい》を禁《きん》じていたお父《とう》さんも、いまではしょっちゅうサンゴ礁《しょう》のむこうに出《で》ている。

お父《とう》さんの舟《ふね》が波《なみ》を乗《の》りこえて、モアナの舟《ふね》のとなりにスッと近《ちか》づいてきた。

「岸《きし》まで競争《きょうそう》するか？」

お父《とう》さんがにっこりする。

「もう、お父《とう》さんってば。競争《きょうそう》にならないでしょ」

モアナはからかって答《こた》えると、先《さき》に舟《ふね》を出《だ》したお父《とう》さんのあとを余裕《よゆう》しゃくしゃくで追《お》いかけた。

白波《しらなみ》をこえて海岸《かいがん》を目指《めざ》すモアナの顔《かお》に、風《かぜ》になびいた長《なが》い髪《かみ》がかかる。

モアナはさっさとお父《とう》さんの舟《ふね》を追《お》いこして、海岸《かいがん》にピョンッととびおりた。

村人《むらびと》たちが、人気者《にんきもの》のモアナを出《で》むかえに大《おお》よろこびで走《はし》ってくる。

モアナはみんなに、見《み》つけた宝《たから》ものの数々《かずかず》を見《み》せた。

カゴいっぱいのふしぎな形《かたち》をした果物《くだもの》や、大《おお》きな貝《かい》。

「はいはい、ちょっと通《とお》して！」

モアナの友《とも》だちで舟職人《ふなしょくにん》の少女《しょうじょ》、ロトが、斧《おの》のような道具《どうぐ》を手《て》にして人々《ひとびと》のあいだをぬってかけてくると、急《きゅう》ブレーキでモアナの目《め》の前《まえ》でとまった。

巻《ま》き毛《げ》のショートヘアでいつも笑顔《えがお》のロトは、発明好《はつめいず》きで賢《かしこ》くて、いつだって想像力《そうぞうりょく》をはたらかせては、すぐに行動《こうどう》にうつす。

三年前《さんねんまえ》にモアナが旅《たび》からもどってきたときも、魚《さかな》をとるあたらしい方法《ほうほう》をさがしていた村《むら》の人《ひと》たちにロトが知恵《ちえ》を貸《か》し、舟《ふね》を設計《せっけい》していた。

いまもロトの視線《しせん》は、モアナとモアナの舟《ふね》のあいだをいそがしく行《い》ったり来《き》たりしている。

「あたらしい舟《ふね》はどうだった？　ぜんぶ報告《ほうこく》して」

ロトが言《い》って、さっさと舟《ふね》に乗《の》りこむ。

どうしよう……モアナは考《かんが》えながら、ロトのあとを追《お》ってまた舟《ふね》に乗《の》った。

わたしがひとことでも舟《ふね》の不満《ふまん》を言《い》おうものなら、ロトはぜんぶ自分《じぶん》でなんとかしなくちゃと思《おも》って、すぐにでもはりきって修理《しゅうり》をはじめちゃうだろう。

モアナはロトが手《て》にしている斧《おの》を見《み》つめた。

「あ、っていうかね、帆《ほ》をまわすのに少《すこ》し手間《てま》どったけど、でも……」

「了解《りょうかい》。まかせて！」

ロトはモアナが最後《さいご》まで言《い》いおえるのを待《ま》たずに、斧《おの》をふりかぶった。

モアナはあわてて、まわりの人《ひと》に斧《おの》があたらないかと目《め》を走《はし》らせる。

そのとき、お父《とう》さんが自分《じぶん》の舟《ふね》からヒョイッとおりて、歩《ある》いて近《ちか》づいてきた。

「で、今回《こんかい》の旅《たび》はどうだった？　なにか見《み》つけたのか？」

お父《とう》さんがたずねる。

モアナは誇《ほこ》らしいのと同時《どうじ》にホッとしていた。

長《なが》いこと、さがしつづけてきたものがやっと見《み》つかった。

モアナは島《しま》で見《み》つけた器《うつわ》をとりだして、お父《とう》さんに手《て》わたした。

お父《とう》さんが確認《かくにん》しているあいだ、モアナは旅《たび》のあいだに起《お》きたことを話《はな》してきかせた。

「森《もり》の空《あ》き地《ち》にあったんだ。見《み》つけたのはまあ、ヘイヘイだけど。ねえ、これ、この村《むら》のものじゃないよね。なにでできてるのかもわかんないけど、でも、これって証拠《しょうこ》でしょ」

モアナはそこで言葉《ことば》をきって、息《いき》をととのえた。

それから、器《うつわ》に彫《ほ》ってある模様《もよう》にむかってうなずいてつづけた。

「海《うみ》のむこうには、たしかにほかにも人《ひと》が住《す》んでる。なんでまだ見《み》つからないのかはわからない。でも、お父《とう》さん、ここに彫《ほ》ってある島《しま》って……」

そう言《い》いながら、器《うつわ》に彫《ほ》られた島《しま》と星座《せいざ》を指《ゆび》さす。

「ここに行《い》けば、きっとこの島以外《しまいがい》の場所《ばしょ》に住《す》む仲間《なかま》が見《み》つかるはずだよ。かならず会《あ》える。この星座《せいざ》をさがせば」

お父《とう》さんはにっこりした。

そのとき、かん高《だか》いさけび声《ごえ》がひびいてきた。

「モアナ！」

小《ちい》さい女《おんな》の子《こ》がパタパタかけてくる。

モアナはニコーッとして、大好《だいす》きなかわいい妹《いもうと》を両腕《りょううで》で抱《だ》きとめてぎゅっとした。

「おチビちゃん！」

「おねえちゃーん！」

三歳《さんさい》になった妹《いもうと》、シメアのニコニコ顔《がお》は、モアナそっくり。

それからシメアは、ぷくーっとほっぺたをふくらませて小《ちい》さなくちびるをとがらせた。

モアナの顔《かお》を両手《りょうて》でむぎゅっとつかんで、にらみつける。

「帰《かえ》ってこなかった！　ずっと！」

モアナは笑《わら》いそうになるのをがまんした。

帰《かえ》ってきてシメアに会《あ》うのは、いちばん楽《たの》しみにしていることのひとつだ。

「たった三日《みっか》でしょ？　でもすっごく会《あ》いたかっ……」

「なに持《も》ってきてくれたの？」

「なにって？」

「おみやげもってくるって言《い》ってた」

あー……えーっと……モアナはあごを手《て》でトントンしながら考《かんが》えた。

「うん……えっと、あのね……」

あっ！　モアナは思《おも》いついてにっこりすると、見《み》つけた器《うつわ》を見《み》せた。

シメアはポカンとしている。

「なにするもの？」

これがどんな意味《いみ》をもつか、口《くち》で説明《せつめい》しようとしてもきっとムリ。

シメアに、あの洞窟《どうくつ》を見《み》せてあげよう。


島《しま》の古《ふる》い洞窟《どうくつ》に入《はい》っていくと、はじめて来《き》たときとおなじように胸《むね》が踊《おど》った。

はじめてここに来《き》たときはまだ、モアナは自分《じぶん》が海《うみ》に選《えら》ばれるとは想像《そうぞう》もしていなかったけれど、海《うみ》からの呼《よ》びかけは感《かん》じていた。

航海《こうかい》を重《かさ》ねて経験《けいけん》を積《つ》んだいまでも、この場所《ばしょ》に来《く》ると胸《むね》が高鳴《たかな》る。

目《め》かくしして連《つ》れてきたシメアも、ぴょんぴょんとびはねてはしゃいでいる。

目《め》かくしをはずすと、目《め》を見《み》ひらいて、小《ちい》さく声《こえ》をあげた。

「うわぁ……」

洞窟《どうくつ》のなかのひらけた場所《ばしょ》に、海《うみ》へつづく水路《すいろ》があって、ご先祖《せんぞ》の舟《ふね》がおいてある。

「ここが、ご先祖様《せんぞさま》のいた場所《ばしょ》なの。ここで、わたしたちは昔《むかし》、海《うみ》をわたっていたんだって知《し》ったのよ」

モアナはにっこりして、あっけにとられている妹《いもうと》を見《み》つめた。

わたしもはじめてここに来《き》たとき、おんなじ表情《ひょうじょう》をしてたんだろうな。

「おばあちゃんが連《つ》れてきてくれて、教《おし》えてくれたの」

亡《な》くなったタラおばあちゃんのことを思《おも》い出《だ》して、モアナの声《こえ》はちょっとふるえた。

いまもまだ、おばあちゃんに会《あ》いたくてたまらない。

シメアが、その話《はなし》なら知《し》ってるよ、というふうに顔《かお》をあげる。

「おばあちゃんが言《い》ったんだよね。マウイのことを見《み》つけたら耳《みみ》をぎゅっとひっつかんで言《い》いなさいって。『わたしはモトゥヌイのモアナ。わたしの舟《ふね》に乗《の》り、テ・フィティの心《こころ》を返《かえ》しに行《い》け』」

シメアのまじめくさった顔《かお》があんまりかわいくて、モアナは笑《わら》いそうになった。

「上手《じょうず》だね」

シメアは得意《とくい》げにうなずくと、おいてあった舟《ふね》にとび乗《の》って洞窟《どうくつ》の壁《かべ》をじっと見《み》つめた。

生命《せいめい》を生《う》みだすことができる女神《めがみ》、テ・フィティの姿《すがた》が壁《かべ》に彫《ほ》られている。

「ぜんぶでどれくらいかかったの？」

シメアがたずねる。

「あー、うん、二《に》、三週間《さんしゅうかん》」

モアナは答《こた》えて、シメアのとなりに腰《こし》をおろした。

「そんなに？　それって、『ずーっと』より長《なが》いよ！」

シメアが声《こえ》をあげると、モアナはクスクス笑《わら》って言《い》った。

「そうね。でも、とっても大切《たいせつ》な旅《たび》だったの。あのとき行《い》ったからこそ、〈道《みち》を見《み》つける者《もの》〉になれたんだよ。昔《むかし》の村長《むらおさ》や、最後《さいご》の偉大《いだい》な舟乗《ふなの》りタウタイ・ヴァサみたいに」

モアナは、壁《かべ》に彫《ほ》られたべつの絵《え》の数々《かずかず》を指《ゆび》さした。

モトゥヌイの歴史《れきし》が描《えが》かれている。

モアナが見《み》つめる先《さき》には、最後《さいご》の偉大《いだい》な舟乗《ふなの》り、タウタイ・ヴァサの姿《すがた》が描《えが》かれていた。

かなり昔《むかし》に彫《ほ》られたものなのに、内《うち》なる力《ちから》で光《ひか》りかがやいているように見《み》える。

テ・カァとテ・フィティの姿《すがた》も彫《ほ》られている。

女神《めがみ》テ・フィティはマウイに心《こころ》を奪《うば》われ、おそろしい溶岩《ようがん》の魔物《まもの》テ・カァとなって怒《いか》りくるい、世界《せかい》に闇《やみ》を広《ひろ》げようとした。

モニが人々《ひとびと》に語《かた》ってきかせるときの集会所《しゅうかいじょ》にかかっている布《ぬの》にも、おなじ絵《え》が描《えが》かれている。

この場所《ばしょ》に描《えが》かれた物語《ものがたり》はぜんぶ、タラおばあちゃんから話《はな》してもらった。

あのとき、自分《じぶん》が海《うみ》に選《えら》ばれ導《みちび》かれているのを感《かん》じて、モアナははじめての航海《こうかい》に出《で》る決心《けっしん》をした。

〈道《みち》を見《み》つける者《もの》〉として、世界《せかい》が闇《やみ》につつまれるのを防《ふせ》ぐために。

そしていままた、あらたな旅《たび》をしろと海《うみ》にせきたてられているように感《かん》じる。

となりにいるシメアは、小《ち》さな顔《かお》におどろきの表情《ひょうじょう》を浮《う》かべて絵《え》を見《み》あげていた。

「マウイがテ・フィティの心《こころ》を盗《ぬす》んで、海《うみ》をわたれなくなる前《まえ》に……」

モアナは声《こえ》を低《ひく》くした。

タラおばあちゃんが祖先《そせん》の話《はなし》をしてくれるとき、いつもそうしていたように。

「タウタイ・ヴァサは、わたしたちのこの島《しま》と、ぜーんぶの海《うみ》の民《たみ》を結《むす》びつけようとしていた」

シメアが目《め》をまん丸《まる》くする。

「わたしが〈道《みち》を見《み》つける者《もの》〉として、タウタイ・ヴァサがはじめたことをひきついでいかないといけないの」

モアナはもちかえった器《うつわ》をかかげてみせた。

「そしてこれが、はじめて見《み》つけた手《て》がかり……」

自分《じぶん》が口《くち》にした言葉《ことば》の重《おも》みがずっしりと肩《かた》にのしかかってきた。

シメアはちょっと考《かんが》えてから、鼻《はな》の頭《あたま》にぎゅっとしわをよせた。

「マウイに行《い》かせればいいよ。で、モアナはあたしといっしょにここにいて！」

「そうだね、マウイは半分神様《はんぶんかみさま》だしね。もしマウイに会《あ》えたら、シメアが耳《みみ》をぎゅっとひっつかんでそう言《い》えばいいよ」

モアナは視線《しせん》を、壁《かべ》に彫《ほ》られたマウイの絵《え》のほうに走《はし》らせた。

いっしょに冒険《ぼうけん》の旅《たび》をしたあと、モトゥヌイにもどってきてからは一度《いちど》も会《あ》っていない。

（マウイに会《あ》いたいな……）

もちろん、口《くち》に出《だ》して認《みと》めるつもりはないけど。

しかも、マウイはなんだかわからないけど半神《はんしん》の用事《ようじ》でいそがしいみたいで、どこにいるかもわからないけど。

3

半神半人《はんしんはんじん》マウイ

モトゥヌイから遠《とお》くはなれた深《ふか》い海《うみ》の下《した》の世界《せかい》は、しーんとしていた。

日差《ひざ》しがうっすらと岩《いわ》や砂《すな》の上《うえ》にさしこんでくる。

小魚《こざかな》の群《む》れがスイスイと規則正《きそくただ》しく泳《およ》いで、うつくしい模様《もよう》をつくっている。

遠《とお》くはなれた海岸《かいがん》の音《おと》は、海《うみ》のなかまでは届《とど》かない。

ふいに海水《かいすい》が大《おお》きく動《うご》き、小魚《こざかな》の群《む》れがちりぢりになり、規則正《きそくただ》しい形《かたち》が乱《みだ》れた。

その直後《ちょくご》、巨大《きょだい》なシロナガスクジラがゆうゆうと泳《およ》いできた。

ただのクジラじゃない。

なんたって、からだじゅうタトゥーだらけ。

クジラはスピードをあげ、サンゴの壁《かべ》に激突《げきとつ》する直前《ちょくぜん》にむきを変《か》えて上《うえ》にむかい、海面《かいめん》にむかって突進《とっしん》していった。

そして、いきなり海面《かいめん》をやぶって空中《くうちゅう》にとびだした。

上《うえ》へ、上《うえ》へとのぼっていくクジラのからだは、太陽《たいよう》の光《ひかり》を受《う》けて水《みず》しぶきがきらめいている。

やがてクジラは、空中《くうちゅう》で巨大《きょだい》なタカへと姿《すがた》を変《か》えた。

マウイだ！

タカに変身《へんしん》したマウイは、鳴《な》き声《ごえ》をあげながら海面《かいめん》すれすれを一直線《いっちょくせん》に飛《と》んでいった。

鋭《するど》い視線《しせん》を、前方《ぜんぽう》の海上《かいじょう》に厚《あつ》く層《そう》になって渦《うず》を巻《ま》いている霧《きり》にむけている。

マウイはスピードをゆるめずに翼《つばさ》をビュンッとはためかせて霧《きり》のなかにつっこんでいった。

巨大《きょだい》なタカのからだが、あっという間《ま》に霧《きり》にのみこまれていく。

「チーフー！」

マウイは、威勢《いせい》のいいお得意《とくい》のかけ声《ごえ》をあげた。

一瞬《いっしゅん》あたりが静《しず》まりかえったのち、ドーンという轟音《ごうおん》がひびきわたる。

まるで巨大《きょだい》なドアがしまったように。

そして、なにもかもが静《しず》かになった。

霧《きり》は消《き》え、見《み》わたすかぎり、波《なみ》ひとつない海《うみ》が広《ひろ》がっていた。

海中《かいちゅう》でタカから半神《はんしん》の姿《すがた》にもどったマウイは、巨大《きょだい》な釣《つ》り針《ばり》を手《て》に、霧《きり》のなかに立《た》って目《め》をこらしていた。

ここは神《かみ》の領域《りょういき》、海《うみ》に沈《しず》む巨大《きょだい》な貝《かい》のなか。

霧《きり》がまわりでぐるぐると渦巻《うずま》き、不自然《ふしぜん》に形《かたち》を変《か》えていく。

まるで見《み》えない手《て》にあやつられているように。

光《ひか》る釣《つ》り針《ばり》をランタンのようにかかげながら、マウイは一歩前《いっぽまえ》にふみだした。

目《め》の前《まえ》で、霧《きり》がだんだん巨大《きょだい》な紫《むらさき》の球体《きゅうたい》になっていく。

球体《きゅうたい》から放《はな》たれる光《ひかり》が、マウイのからだをおおうタトゥーを明《あか》るくきらめかせる。

それぞれのタトゥーは、マウイの過去《かこ》を物語《ものがた》っている。

英雄的《えいゆうてき》な瞬間《しゅんかん》が永遠《えいえん》に肌《はだ》に刻《きざ》まれ、マウイが何者《なにもの》か、そして人間《にんげん》のためにどれだけのことをなしとげてきたのかが、このタトゥーを見《み》ればわかる。

そして、そもそもマウイがこうして神《かみ》の領域《りょういき》に来《き》たのも、人間《にんげん》のためだ。

神《かみ》から指示《しじ》されたわけではなく、自《みずか》らの意志《いし》でやって来《き》た。

モアナといっしょにテ・フィティの心《こころ》を返《かえ》すためにテ・カァと対決《たいけつ》したときは、モアナの正義感《せいぎかん》に影響《えいきょう》されてのことだったけれど、それだけの危険《きけん》をおかす価値《かち》はあった。

モアナに出会《であ》ったことでマウイは、いい人《ひと》に、というか、いい半神半人《はんしんはんじん》に変《か》わった。

モアナと親友《しんゆう》になったいま、マウイはバラバラになった海《うみ》の民《たみ》がふたたびつながるために、半神《はんしん》としての自分《じぶん》の役目《やくめ》を果《は》たそうとしている。

そのためにはまず、嵐《あらし》の神《かみ》、ナロに会《あ》わなければいけない。

だから気《き》が進《すす》まないけれど、この神《かみ》の領域《りょういき》にやって来《き》た。

ふいに、背後《はいご》のどこからか、羽《は》ばたきの音《おと》が霧《きり》を切《き》り裂《さ》くようにひびいてきた。

ぞくっと寒気《さむけ》がする。

音《おと》はどんどん大《おお》きくなってくる。

コウモリが一羽《いちわ》、目《め》の前《まえ》にあらわれた。

マウイはパッとふりかえって霧《きり》のなかに目《め》をこらし、大声《おおごえ》で呼《よ》びかけた。

「おーい？」

思《おも》わず声《こえ》が裏返《うらがえ》って、やけにかん高《だか》いこだまが返《かえ》ってきた。

胸《むね》に刻《きざ》まれたタトゥー、マウイの分身《ぶんしん》のミニ・マウイがパッと目《め》をさます。

ミニ・マウイは、マウイのからだの上《うえ》を自由《じゆう》に動《うご》きまわり、身《み》ぶり手《て》ぶりで意思《いし》を伝《つた》えてくる、マウイの本心《ほんしん》にして、良心《りょうしん》だ。

ミニ・マウイは『マヌケな第一声《だいいっせい》だな』とでも言《い》いたそうだ。

マウイはコホンと咳払《せきばら》いをして、霧《きり》に身《み》をひそめているものにむかって呼《よ》びかけた。

「騒《さわ》ぎを起《お》こすためにここに来《き》たんじゃない」

今度《こんど》は重々《おもおも》しい声《こえ》が出《で》て、ホッとしてうなずく。

「ムキムキボディの風《かぜ》と海《うみ》の神《かみ》がやって来《き》た。さあ、島《しま》への道《みち》をあけろ」

島《しま》と島《しま》をつなぐ道《みち》をとざしたのは、嵐《あらし》の神《かみ》、ナロ。

（あんなこわい神様《かみさま》、できれば会《あ》いたくないけど、直接会《ちょくせつあ》って話《はな》すしか方法《ほうほう》がない）

すると、霧《きり》のなかから、女《おんな》の笑《わら》い声《ごえ》がきこえてきた。

ありとあらゆる方向《ほうこう》からひびいてくるような、不気味《ぶきみ》な声《こえ》だ。

マウイはきょろきょろして、どこからきこえてくるのかたしかめようとした。

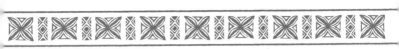

すぐそこにシルエットがチラッと見《み》えたかと思《おも》うと、またちがう場所《ばしょ》にあらわれる。

「なぜルールをやぶらなきゃならないの？　ボスにさんざん迷惑《めいわく》をかけてるあなたのために」

声《こえ》がして、マウイは顔《かお》をしかめた。

この声《こえ》は……ナロの門番《もんばん》マタンギだ。

紫色《むらさきいろ》の目《め》をした強《つよ》い力《ちから》をもつ女性《じょせい》の半神《はんしん》で、千年以上《せんねんいじょう》のあいだ、海《うみ》に沈《しず》む巨大《きょだい》な貝《かい》のなかで神《かみ》の領域《りょういき》を守《まも》っている。

残念《ざんねん》ながら、マタンギを相手《あいて》にしてからじゃないと、ナロには会《あ》えないらしい。

「おい、はじめたのはナロのほうだ」

（そもそもナロが、海《うみ》の民《たみ》をバラバラにするために海路《かいろ》をとざしたせいじゃないか）

しゃべりながら、マウイは光《ひか》る釣り針《つりばり》をふりまわした。

マタンギにあたらないかと期待《きたい》して。

気配《けはい》を感《かん》じながら、釣り針《つりばり》をふって突進《とっしん》していく。

だけど、まわりをぐるぐると飛《と》びまわっているコウモリの群《む》れがじゃまでしょうがない。

（ムカついてきたぞ……マタンギのふざけたごまかしにはうんざりだ）

さらにすばやく、さらにはげしく、釣《つ》り針《ばり》をふりまわす。

コウモリが散《ち》っていき、一羽《いちわ》だけ、釣《つ》り針《ばり》にひっかかった。

暗闇《くらやみ》に投《な》げとばしたそのコウモリの鳴《な》き声《ごえ》が遠《とお》ざかっていく。

霧《きり》のなかから、マタンギの長《なが》いため息《いき》がきこえてきた。

「ナロがはじめたことをおまえがおわらせるつもりか？　また今度《こんど》も、おまえが大切《たいせつ》にしている人間《にんげん》と手《て》を組《く》んで？」

マタンギがあざ笑《わら》う。

マウイはこぶしを握《にぎ》りしめたけど、顔《かお》にイライラを出《だ》さないようにした。

モアナが親友《しんゆう》だってことはかくさなければいけない。

どんな脅《おど》しをかけられても、モアナを守《まも》る。

「組《く》む？　マヌケなニワトリを連《つ》れて舟《ふね》に乗《の》った子《こ》と？　組《く》んでないぜ。釣《つ》り針《ばり》を手《て》に入《い》れるために利用《りよう》しただけだ」

マウイの胸《むね》にいるミニ・マウイが、なに言《い》ってるんだとばかりにパチンとマウイをはたく。

マウイはさりげなく首《くび》を横《よこ》にふって、ミニ・マウイにわからせようとした。

(わかってる。心配《しんぱい》するな)

だけどミニ・マウイは、そしてマタンギも、信《しん》じてはいなかった。

ふんっとバカにした声《こえ》がしたかと思《おも》うと、霧《きり》がぐるぐると動《うご》きはじめた。

足《あし》もとの霧《きり》が晴《は》れ、マウイが立《た》っている岩《いわ》の模様《もよう》があらわれる。

海路《かいろ》が集《あつ》まる島《しま》、モトゥフェトゥをおおいつくす神《かみ》の巨大《きょだい》な黒《くろ》い影《かげ》だ。

「マウイ、ナロは神《かみ》よ。海《うみ》の民《たみ》をふたたびつなごうとすれば、あなたはほろぼされる。もちろん、あの子《こ》もね」

マウイの表情《ひょうじょう》がくもる。

「これは、ナロとオレとの問題《もんだい》だ。モアナにはなにひとつ関係《かんけい》ない」

だいたいテ・フィティの心《こころ》を返《かえ》して以来《いらい》、モアナとは会《あ》っていない。

突然《とつぜん》会《あ》いにいっておどろかせようと思《おも》っていたけれど、どうやらそうはいかないようだ。

マウイの言葉《ことば》がこだまして、一瞬《いっしゅん》あたりがしーんとした。

いきなり何百羽《なんびゃっぱ》ものコウモリが羽《は》ばたいて、霧《きり》のなかに光《ひか》る紫色《むらさきいろ》の目《め》が見《み》えてきた。

そして、マタンギが姿《すがた》をあらわした。

その紫色《むらさきいろ》の目《め》に見《み》すえられて、マウイは思《おも》わず息《いき》をのんだ。

前《まえ》からの知《し》り合《あ》いだけど、正直《しょうじき》……ずっと気味《きみ》が悪《わる》かった。

マタンギが残酷《ざんこく》なうす笑《わら》いを浮《う》かべて、手《て》をさしだしてくる。

そして、その鋭《するど》いかぎ爪《づめ》が、マウイのいちばんあたらしいタトゥーの上《うえ》でとまる。

モアナを描《えが》いたタトゥーだ。

マタンギはその黒《くろ》いタトゥーを見《み》つめながら、首《くび》を横《よこ》にふった。

「マウイ、あなたの力《ちから》でこの子《こ》は〈道《みち》を見《み》つける者《もの》〉になった。だからこの子《こ》に関係《かんけい》ないことなどひとつもない」

マウイはからだじゅうに怒《いか》りがみなぎってくるのを感《かん》じた。

ふたたび強《つよ》く光《ひか》りはじめた釣《つ》り針《ばり》をしっかり握《にぎ》りしめる。

（モアナに手《て》を出《だ》したり傷《きず》つけたりするヤツは、オレが許《ゆる》さない）

マタンギが平和《へいわ》にものごとを進《すす》める気《き》がないのはハッキリしている。

いいだろう、それなら戦《たたか》うまでだ。
マウイは空中《くうちゅう》に舞《ま》いあがり、釣《つ》り針《ばり》をうしろにひきしぼった。
その瞬間《しゅんかん》、マタンギのからだが爆発《ばくはつ》して、百羽《ひゃくわ》のコウモリとなった。
戦《たたか》いがはじまった。

4 あたらしいタウタイ

夜空《よぞら》に星《ほし》がまたたきはじめ、モトゥヌイの村《むら》が活気《かっき》づいてきた。

赤々《あかあか》と燃《も》えさかるたいまつの炎《ほのお》が、集《あつ》まった人々《ひとびと》をあたたかく照《て》らしている。

太鼓《たいこ》に合《あ》わせてダンサーたちがスカートを揺《ゆ》らし、子《こ》どもたちは走《はし》りまわってはしゃいでいる。

村《むら》の通《とお》りを歩《ある》くモアナの頭《あたま》のなかは、考《かんが》えがぐるぐるめぐっていた。

マウイ、タウタイ・ヴァサ、海《うみ》、妹《いもうと》、器《うつわ》……。

シーナお母《かあ》さんが近《ちか》づいてきて、モアナを誇《ほこ》らしげに抱《だ》きしめてから、シメアのところにむかう。

すると、ひとりの村《むら》の女《おんな》の人《ひと》がモアナの前《まえ》に来《き》て、花《はな》かんむりをモアナの頭《あたま》にのせた。

歩《ある》くモアナのまわりにどんどん人々《ひとびと》が集《あつ》まってくる。

ふいにロトが斧《おの》を手《て》にあらわれて、モアナがもっている器《うつわ》に手《て》をのばしてきて言《い》う。

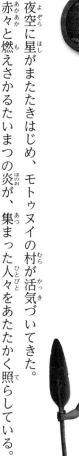

「ちょっとそれ、分析《ぶんせき》させて」

モアナはあわてて手《て》をひっこめた。

やっと見《み》つけた証拠《しょうこ》だから、斧《おの》のそばには近《ちか》づけたくない。

モアナはさらに歩《ある》いていき、村《むら》の中心部《ちゅうしんぶ》にむかった。

だれもがお祭《まつ》り気分《きぶん》で浮《う》かれているけど、並《なら》んだごちそうが手《て》つかずだ。

モアナは咳払《せきばら》いをして大声《おおごえ》で呼《よ》びかけた。

「さあ、食《た》べよう！　豚肉《ぶたにく》が冷《さ》めちゃうよ！」

足《あし》もとからブーという鳴《な》き声《ごえ》がきこえてくる。

ハッとして見《み》おろすと、子《こ》ブタのプアが悲《かな》しそうにしていた。

（マズい……またやっちゃった）

そのとき音楽《おんがく》がやんで、まるで村《むら》じゅうが息《いき》をひそめているみたいにしーんとなった。

村長《むらおさ》のお父《とう》さんが近《ちか》づいてくる。

「モアナ、実《じつ》は今夜《こんや》はただの宴《うたげ》ではないのだ」

お父《とう》さんがそう言《い》うと、となりにお母《かあ》さんとシメアが並《なら》んできた。

お父《とう》さんは一歩前《いっぽまえ》に出《で》て、力強《ちからづよ》い腕《うで》をモアナの肩《かた》にまわして前《まえ》に押《お》しだした。

村人《むらびと》たちがふたりをかこむように輪《わ》をつくる。

「はるか昔《むかし》、最後《さいご》の偉大《いだい》な舟乗《ふなの》りに与《あた》えられた称号《しょうごう》があった。おまえのように大《おお》きな夢《ゆめ》をもつ者《もの》だ。村長以上《むらおさいじょう》の神聖《しんせい》な呼《よ》び名《な》、タウタイ――すべての海《うみ》をつなぐ者《もの》」

お父《とう》さんはそこで言葉《ことば》をきって、この大切《たいせつ》な瞬間《しゅんかん》をかみしめていた。

「モアナよ、この称号《しょうごう》を村《むら》の名誉《めいよ》のために受《う》けいれてはくれないか？　わが島《しま》にとって千年《せんねん》ぶりのタウタイとなってほしい」

ほんとうにそんな大役《たいやく》を？　信《しん》じられない。

「そして、皆《みな》に見《み》せよ、どこまで遠《とお》くに行《い》けるのかを」

お父《とう》さんの誇《ほこ》らしそうな目《め》に涙《なみだ》が浮《う》かぶ。

その言葉《ことば》の意味《いみ》がモアナの胸《むね》にしみてくるのと同時《どうじ》に、ずっしりとのしかかってくる。

タウタイ？

そんな大《おお》きな称号《しょうごう》に、ほんとうにわたしはふさわしいと言《い》える？

モアナは視線《しせん》をお父《とう》さんからお母《かあ》さんへ、そして妹《いもうと》へとうつした。

妹《いもうと》はあこがれでいっぱいの瞳《ひとみ》でじっとこちらを見《み》つめている。

その瞬間《しゅんかん》、モアナは答《こた》えを知《し》った。

そして、にっこりしてうなずいた。


それから少《すこ》しして、モアナは海辺《うみべ》にいちばん近《ちか》い大《おお》きな円形《えんけい》の東屋《あずまや》のなかでお父《とう》さんとむかいあってすわっていた。

東屋《あずまや》は柱《はしら》とわらぶき屋根《やね》でできていて、壁《かべ》がない。

東屋《あずまや》のまわりに集《あつ》まった村《むら》の人《ひと》たちを見《み》わたして、幸《しあわ》せな気持《きも》ちで満《み》たされる。

みんなから愛《あい》されている実感《じっかん》がわいてくるのとともに、自分《じぶん》にたくされた役目《やくめ》の重《おも》みも感《かん》じた。

波《なみ》が海岸《かいがん》にやさしく打《う》ちよせて心地《ここち》いいリズムをかなでている。

風《かぜ》が出《で》てきて、人々《ひとびと》の頭上《ずじょう》をそよそよと吹《ふ》き、天候《てんこう》が変《か》わったのを知《し》らせている。

村長《むらおさ》のお父《とう》さんが語《かた》りはじめる。

「今宵《こよい》、祖先《そせん》の器《うつわ》からこれをのむ。かつてのタウタイ・ヴァサのように。そしてタウタイの称号《しょうごう》を授《さず》ける。過去《かこ》と現在《げんざい》とを結《むす》びつけ、その先《さき》にある未来《みらい》とつなげ」

お父《とう》さんは手《て》にもった器《うつわ》をかたむけ、なかの液体《えきたい》を少《すこ》し床《ゆか》にこぼして祖先《そせん》への捧《ささ》げものとしてから、残《のこ》りをのみほした。

「ご先祖様《せんぞさま》が導《みちび》いてくれますように」

お父《とう》さんがモアナを見《み》つめる。

モアナの番《ばん》だ。

モアナはさしだされた器《うつわ》を両手《りょうて》でしっかり受《う》けとって、愛《あい》する人々《ひとびと》を見《み》わたした。

それから器《うつわ》をもちあげて、お父《とう》さんの言葉《ことば》をくりかえした。

「ご先祖様《せんぞさま》が導《みちび》いてくれますように……」

ところが器《うつわ》を口《くち》もとにもってきたとき、なかの液体《えきたい》にうつる自分《じぶん》の姿《すがた》を見《み》てモアナはピタッと手《て》をとめた。

液体《えきたい》がはげしく波打《なみう》っている。

(おかしい……なにかが起《お》きようとしている)

東屋《あずまや》の外《そと》では風《かぜ》が強《つよ》くなってきて、木々《きぎ》の葉《は》をはげしく揺《ゆ》らしている。

ふいに、東屋《あずまや》のあちらこちらからパチパチという音《おと》がひびいてきた。
あたりに不気味《ぶきみ》な光《ひかり》が満《み》ちてきて、東屋《あずまや》のなかがどんどんまぶしくなり、そして……。
バリバリッ！
稲妻《いなずま》が走《はし》った。
暗闇《くらやみ》がおとずれた。

しばらくして、モアナはパッと目《め》をあけた。
すみわたった夜空《よぞら》に星《ほし》がまたたき、輪《わ》になった雲《くも》のむこうから光《ひかり》がさしている。
そのまんなかに、ひときわ明《あか》るい星座《せいざ》がきらめいていた。
ふいに足《あし》もとがぐらっときて、モアナはよろめいた。
えっ……ここはどこ？
気《き》づいたら、古代《こだい》の舟《ふね》の甲板《かんぱん》に立《た》っていた。
顔《かお》をあげると、あの器《うつわ》に彫《ほ》られていたのとおなじ絵柄《えがら》が帆《ほ》に縫《ぬ》いこまれている。
おなじ島《しま》、おなじ星座《せいざ》。

視線《しせん》をうつしていくと、舟首《しゅうしゅ》に男《おとこ》の人《ひと》がひとり、立《た》っている。
堂々《どうどう》とした姿《すがた》で海《うみ》を見《み》つめているのは、伝説《でんせつ》の〈道《みち》を見《み》つける者《もの》〉だ。
「タウタイ・ヴァサ」
モアナはすぐに気《き》づいて、尊敬《そんけい》と親《した》しみをこめてつぶやいた。
タウタイ・ヴァサだけでなく、舟《ふね》を操縦《そうじゅう》している船員《せんいん》たちもいる。
けれど、彼《かれ》らからはこちらは見《み》えていないようだ。
(わたしがいま目撃《もくげき》しているのは過去《かこ》の瞬間《しゅんかん》なんだ……)
タウタイ・ヴァサの視線《しせん》を追《お》って、モアナはさらに目《め》を見《み》ひらいた。
夜空《よぞら》にまたたく星座《せいざ》は、あの器《うつわ》に描《か》かれていたものとまったくおなじ!
『モトゥフェトゥは、あの星《ほし》の下《した》にある……』
タウタイ・ヴァサがつぶやき、不安《ふあん》そうな表情《ひょうじょう》で視線《しせん》を星座《せいざ》からまわりの海《うみ》にうつす。
星座《せいざ》の下《した》に、稲妻《いなずま》が光《ひか》る巨大《きょだい》な雲《くも》のかたまりが見《み》える。
海《うみ》がまっ黒《くろ》になり、風《かぜ》が強《つよ》まって帆《ほ》をはげしくはためかせる。
『帆《ほ》をくれ!　オールをあげろ!』

タウタイ・ヴァサが船員《せんいん》たちに大声《おおごえ》で呼《よ》びかける。

予想外《よそうがい》の危険《きけん》な嵐《あらし》が刻一刻《こくいっこく》とはげしさを増《ま》して荒《あ》れくるっている。

モアナも風《かぜ》が強《つよ》すぎて、立《た》っているのがやっとだ。

突然《とつぜん》の強《つよ》い揺《ゆ》れで、船員《せんいん》たちが舟《ふね》から投《な》げだされた。

タウタイ・ヴァサは助《たす》けるために海《うみ》にとびこもうとしたけど、風《かぜ》の勢《いきお》いで甲板《かんぱん》にからだを強《つよ》くたたきつけられてしまった。

巨大《きょだい》な黒《くろ》い波《なみ》がおそいかかってきて、モアナはうしろに投《な》げだされて海《うみ》に落《お》ちた。

と思《おも》ったら、そこは海《うみ》のなかというより、星空《ほしぞら》のような空間《くうかん》だった。

目《め》の前《まえ》を海《うみ》の守護神《しゅごしん》にして神聖《しんせい》な生《い》きもの、巨大《きょだい》なジンベエザメがゆったりと泳《およ》いでいく。

からだじゅうに、光《ひか》るタトゥーが刻《きざ》まれている。

壮大《そうだい》なうつくしさに感動《かんどう》してモアナが手《て》をのばすと……。

……モトゥヌイの海辺《うみべ》にもどっていた。

だけど、海岸《かいがん》にはだれもいなくて、しーんとしている。

モアナはあたりを見《み》まわしてつぶやいた。

「みんな、どこにいるの？」

『タウタイ・モアナ』

声《こえ》がしてふりかえると、ふたたび目《め》の前《まえ》にタウタイ・ヴァサがいた。

今度《こんど》は、むこうからもこちらが見《み》えているらしい。

暗闇《くらやみ》のなかでからだが光《ひか》ってキラキラとかがやいている。

タウタイ・ヴァサが不安《ふあん》にさいなまれているのが、ひしひしと伝《つた》わってきた。

『仲間《なかま》を見《み》つけなければ、未来《みらい》はこうなる。孤立《こりつ》のなか、きみの物語《ものがたり》はおわるのだ。テ・フィティの心《こころ》ははじまりにすぎぬ。嵐《あらし》にたちむかうのだ。モトゥフェトゥを見《み》つけ、人々《ひとびと》をつなげよ……』

タウタイ・ヴァサの声《こえ》が小《ちい》さくなっていく。

ダメ、まだ行《い》かないで……なにを伝《つた》えようとしているのか、まだわからない。

モトゥフェトゥって……？

「だけど、どうやって行《い》けばいいの」

『空《そら》の炎《ほのお》が導《みちび》くだろう』

「待《ま》って、どれくらい遠《とお》いかもわからない」

モアナの声《こえ》は小《ちい》さくて、不安《ふあん》に満《み》ちていた。

『わたしが行《い》けなかったほど遠《とお》い。モトゥフェトゥをさがせ。皆《みな》をふたたび結《むす》びつけよ』

タウタイ・ヴァサはそれだけ言《い》うと、フッと姿《すがた》を消《け》した。

いつの間《ま》にかモアナは海《うみ》のなかにもどっていた。

タウタイ・ヴァサはふたたびジンベエザメに姿《すがた》を変《か》えていた。

ジンベエザメがまっすぐむかっていく先《さき》に、島《しま》の影《かげ》が見《み》えた。

ジンベエザメがその島《しま》にたどりつくと、海《うみ》をまぶしく照《て》らす光《ひかり》の道《みち》があらわれた。

島《しま》と海《うみ》がますます明《あか》るく光《ひか》りだすのを、モアナは見《み》つめていた。

あれがモトゥフェトゥの島《しま》？

あそこに行《い》けば、海《うみ》の民《たみ》はふたたびつながれるの？

5

わたしはモトゥヌイのモアナ

モアナが目《め》をさますと、すべてが消《き》えていた。

海岸《かいがん》も、タウタイ・ヴァサも、モトゥフェトゥも、光《ひかり》の道《みち》も、すべて。

もとの海辺《うみべ》の東屋《あずまや》にもどって寝《ね》かされている。

お母《かあ》さんが心配《しんぱい》そうな顔《かお》でのぞきこんでいた。

「えっ……どういうこと？　なにがあったの？」

からだじゅうが痛《いた》い。

「雷《かみなり》に打《う》たれたのよ」

お母《かあ》さんに言《い》われて、一気《いっき》に記憶《きおく》がよみがえってきた。

儀式《ぎしき》、集《あつ》まった村人《むらびと》たち、ふしぎな嵐《あらし》……モアナは器《うつわ》を手《て》にとった。

あらためて、おどろきに目《め》を見《み》ひらく。

「お母《かあ》さん、わたし、この島《しま》を見《み》た」

器《うつわ》をしっかりとつかんでそっと言《い》った。

「モニと話《はな》さなくちゃ」

この島《しま》について知《し》りたかったら、頼《たよ》れるのは海《うみ》の歴史《れきし》にだれよりもくわしいモニだ。


モアナはお母《かあ》さんといっしょにモニの集会所《しゅうかいじょ》にむかった。

モニが古《ふる》い樹皮《じゅひ》の布《ぬの》を広《ひろ》げて、お父《とう》さんといっしょにじっくりながめている。

描《えが》かれている絵柄《えがら》は、年月《ねんげつ》のせいでかすれてハッキリと見《み》えない。

モアナたちが入《はい》っていくと、モニはモアナ、お母《かあ》さん、布《ぬの》のあいだで視線《しせん》をいそがしく行《い》ったり来《き》たりさせた。

ずっとしんけんに布《ぬの》の絵柄《えがら》を見《み》つめていたらしく、目《め》が血走《ちばし》っている。

「これ、見《み》つけたんだ。かなり古《ふる》いものだ」

歴史《れきし》オタクのモニは興奮《こうふん》している。

モアナは布《ぬの》に近《ちか》づいて図柄《ずがら》を見《み》て、目《め》を丸《まる》くしてつぶやいた。

「モトゥフェトゥ……」

夢《ゆめ》のなかで見《み》た島《しま》、モトゥフェトゥだ。

父《とう》さんがたずねた。

「それはなんだ？」

すると、モニが歴史《れきし》の知識《ちしき》をひろうする。

「モトゥフェトゥ。古代《こだい》の島《しま》です。かつては海路《かいろ》がここに集《あつ》まっていて、海《うみ》のあらゆる場《ば》所《しょ》の人々《ひとびと》をつないでいた。だけど島《しま》は……消《き》えた。呪《のろ》いで……」

「呪《のろ》い？」

モアナがたずねると、モニはべつの布《ぬの》をかかげてみせた。

怒《いか》りに燃《も》える神《かみ》が、空《そら》から島《しま》に呪《のろ》いをかけているところだ。

モニがつづけて言《い》う。

「力《ちから》に飢《う》えた神《かみ》、ナロが呪《のろ》いで、ひどい嵐《あらし》を起《お》こしたんだ。海《うみ》の民《たみ》をバラバラにして弱《よわ》らせて物語《ものがたり》をおわらせれば、自分《じぶん》が強《つよ》くなれるからって。ご先祖様《せんぞさま》は信《しん》じてた。モトゥフェトゥに行《い》けばナロの呪《のろ》いが解《と》けて、海路《かいろ》が復活《ふっかつ》する。それが海《うみ》の民《たみ》をふたたびひとつにするただひとつの方法《ほうほう》なんだ」

タウタイ・ヴァサの言《い》っていたとおりだ。

「このままじゃ、すべておわる」

モアナはつぶやいた。

モニの集会所《しゅうかいじょ》には村《むら》の人《ひと》たちも集《あつ》まってきていた。

村人《むらびと》たちは、しーんとしている。

モニがいま言《い》ったことがどんなに困難《こんなん》か、だれもがわかっていた。

かくされた島《しま》を見《み》つけるために、おそろしい嵐《あらし》にたちむかい、岸《きし》に足《あし》をふみいれる。

どんなに危険《きけん》でどんなに責任重大《せきにんじゅうだい》か、想像《そうぞう》もつかない。

それでもやらなきゃいけない……モアナは思《おも》った。

わたしはタウタイ――すべての海《うみ》をつなぐ者《もの》なのだから。

だけど、この呪《のろ》いをかけられた島《しま》はどこにあるの？

手《て》がかりは、タウタイ・ヴァサの謎《なぞ》めいたメッセージと、モニが伝《つた》える物語《ものがたり》と、見《み》つけた器《うつわ》だけ。

ふいに、外《そと》にまぶしい光《ひかり》があらわれてモニの集会所《しゅうかいじょ》を明《あか》るく照《て》らした。

「村長《むらおさ》！」

外《そと》にいたひとりの村人《むらびと》がさけぶ。

モアナは集会所《しゅうかいじょ》をとびだした。

夜《よる》なのに村《むら》じゅうが、だいだい色《いろ》の光《ひかり》でまぶしいくらいに明《あか》るい。

外《そと》で空《そら》を見《み》あげている村人《むらびと》たちの視線《しせん》を追《お》って、モアナは息《いき》をのんだ。

夜空《よぞら》に巨大《きょだい》な彗星《すいせい》があらわれている。

タウタイ・ヴァサの言葉《ことば》がよみがえってきた。

『空《そら》の炎《ほのお》が導《みちび》くだろう』

タウタイ・ヴァサが言《い》っていたのは、きっとこのことだ。

「空《そら》の炎《ほのお》……あれを追《お》いかけるのね」

モアナがつぶやくと、その意味《いみ》を理解《りかい》したお父《とう》さんの顔《かお》に不安《ふあん》がよぎる。

モアナを見《み》つめて、ふるえる声《こえ》で言《い》った。

「その島《しま》がどこにあるかもわからない。一生《いっしょう》かかるかもしれん。タウタイ・ヴァサは結局《けっきょく》もどらなかった」

すると、お母《かあ》さんが言《い》った。

「でも、ご先祖様《せんぞさま》からの呼《よ》びかけなのよ」

「だが、もしも二度《にど》と会《あ》えなかったら……」

お父《とう》さんがハッとして口《くち》ごもる。

いつの間《ま》にか近《ちか》くにいたシメアが泣《な》きそうな声《こえ》をあげた。

「『二度《にど》と会《あ》えない』ってどういう意味《いみ》？」

「シメア、ちがうの。わたしはね、ただ、その……」

モアナは、小《ちい》さい妹《いもうと》に、なんて説明《せつめい》したらいいかわからなかった。

「行《い》っちゃうなんてヤダ！」

シメアは、くるっとむきを変《か》えて肩《かた》をふるわせながら走《はし》っていってしまった。

とっさにあとを追《お》おうとするモアナをお父《とう》さんがひきとめる。

そしてお父《とう》さんは、シメアを追《お》いかけていった。

モニもほかの村人《むらびと》たちも、だいだい色《いろ》の空《そら》の下《した》でモアナを見《み》つめている。

モアナは空《そら》をもう一度《いちど》じっと見《み》あげた。

この彗星《すいせい》が消《き》えないうちに出発《しゅっぱつ》しなければいけない。
でも……。
お母《かあ》さんがそばに来《き》て、モアナの手《て》をとった。
「お母《かあ》さん、急《きゅう》すぎて……。もしも……」
「あなたはタウタイよ、モアナ。だれにでも決断《けつだん》のときがある」
お母《かあ》さんはキッパリと言《い》って、シメアのあとを追《お》っていった。
そのうしろ姿《すがた》を見《み》つめながら、モアナの目《め》に涙《なみだ》が浮《う》かんできた。
心《こころ》のなかでいろんな気持《きも》ちがせめぎあっている。
悲《かな》しみ、恐怖《きょうふ》、怒《いか》り……そして、期待《きたい》。
なにをすべきかはわかってる。
ひとり残《のこ》されたモアナは、海岸《かいがん》にむかって腰《こし》をおろした。
行《い》かなくちゃいけない。
それはわかっている。
だけど、二度《にど》ともどってこられないかもしれないし、家族《かぞく》に会《あ》えないかもしれない。

そう思《おも》うと胸《むね》がつぶれそうだ。
この島《しま》も家族《かぞく》も、わたしの一部《いちぶ》。
ここから遠《とお》くはなれてしまったら、わたしはまだわたしでいられるの？
うん、きっとだいじょうぶ。
だってモトゥヌイは、海《うみ》とおなじようにわたしの血《ち》のなかにある。
どんなに遠《とお》くはなれていても、家族《かぞく》も村人《むらびと》たちもわたしの味方《みかた》でいてくれるはず。
彗星《すいせい》の光《ひかり》がわたしを呼《よ》んでいるのがわかる。
前《まえ》に、海《うみ》に呼《よ》ばれるのを感《かん》じたみたいに。
だけど今回《こんかい》の旅《たび》は、この前《まえ》とはちがう。
待《ま》ちうけている試練《しれん》のことを考《かんが》えただけで、恐怖《きょうふ》に押《お》しつぶされそうになる。
永遠《えいえん》に帰《かえ》ってこられないかもしれないと思《おも》うと、とてもたえられそうにない。
そのときふいに、目《め》の前《まえ》の海《うみ》が青《あお》くかがやきだした。
光《ひかり》がどんどん強《つよ》くなると、神《かみ》の使《つか》いであるエイが浅瀬《あさせ》にあらわれた。
そして、タラおばあちゃんに姿《すがた》を変《か》えた。

「おばあちゃん！」

タラおばあちゃんが腕《うで》を大《おお》きく広《ひろ》げる。

モアナはすぐにその腕《うで》のなかにとびこんだ。

おばあちゃんがモアナの髪《かみ》をそっとなでる。

ふたりは浅瀬《あさせ》に並《なら》ぶ岩《いわ》のほうに、リズムを刻《きざ》むようにからだを揺《ゆ》らしながら歩《ある》いていった。

モアナは胸《むね》がチクッとした。

タラおばあちゃんと、何度《なんど》もこうして並《なら》んで踊《おど》りながら歩《ある》いた。

その記憶《きおく》はもうわたしの一部《いちぶ》だ。

もうすぐはなれなければいけないこの島《しま》とおなじように。

モアナの足《あし》どりが乱《みだ》れて、おばあちゃんとリズムが合《あ》わなくなる。

「ああ、なにをそんなに心配《しんぱい》してるの？」

おばあちゃんがやさしい声《こえ》で言《い》い、あたたかい目《め》で見《み》つめる。

モアナはため息《いき》をついた。

「だって、この前《まえ》とはぜんぜんちがう」

おばあちゃんがうなずいて、にっこりしながら言《い》う。

「前《まえ》はまだ幼《おさな》くてわからなかったからね。なにを失《うしな》うか、なにを学《まな》ぶか」

おばあちゃんは、モアナの手《て》をとった。

「でも、わたしたちだってこうやってまだいっしょにいる。以前《いぜん》とはちょっとちがう形《かたち》だけど。先《さき》のことは想像《そうぞう》もつかない。物語《ものがたり》の先《さき》は、わからないものよ。でも、どんな自分《じぶん》になるかは決《き》められる」

おばあちゃんはおでこをモアナのおでこにチョンとくっつけた。

「それに、空《そら》の炎《ほのお》は永遠《えいえん》に待《ま》っていてはくれない」

おばあちゃんはそう言《い》うと、また光《ひか》るエイに姿《すがた》を変《か》えて、泳《およ》いで去《さ》っていった。

彗星《すいせい》がかがやきを増《ま》していく。

モアナは心《こころ》に誓《ちか》った。

わたしはモトゥヌイのモアナ。

あたらしい空《そら》にむかって航海《こうかい》して、呪《のろ》いを解《と》き、そして……家《いえ》に帰《かえ》る。

6 モトゥフェトゥの島《しま》へ

モアナは村《むら》の人々《ひとびと》を集《あつ》めて宣言《せんげん》した。

「モトゥヌイだけの問題《もんだい》じゃない。仲間《なかま》たちのためなの。すべての海《うみ》の民《たみ》をふたたびつなげたら、ここへもどってくる」

するとお母《かあ》さんが、モアナの舟《ふね》を見《み》ながら言《い》った。

「モアナ、仲間《なかま》が必要《ひつよう》よ。ヘイヘイとプアは数《かず》に入《はい》らないからね」

お母《かあ》さんが、ニワトリのヘイヘイと子《こ》ブタのプアのほうを指《ゆび》さした。

三年前《さんねんまえ》にモアナがひとりで舟《ふね》を出《だ》したときもいっしょだったヘイヘイは、例《れい》によってポカンとしている。

プアは、今回《こんかい》こそいっしょに行《い》きたいという顔《かお》をしている。

「海《うみ》のかなたまで行《い》くんだよ。島《しま》で暮《く》らしてる人《ひと》たちにいっしょに来《き》てなんて、とてもじゃないけど……」

「この島《しま》の人《ひと》たちだって、きっと立《た》ちあがってくれる」

モアナはちょっと考《かんが》えてから、たしかにお母《かあ》さんの言《い》うとおりだと思《おも》った。

「だったら、もっと大《おお》きい舟《ふね》が必要《ひつよう》だね」

舟《ふね》のことなら、だれに手伝《てつだ》ってもらえばいいかはわかってる。


舟職人《ふなしょくにん》のロトは、舟小屋《ふなごや》にいた。

小《ちい》さな東屋《あずまや》のなかでいつものように、くるくる、パタパタと動《うご》きまわっている。

モアナがどんな舟《ふね》がほしいかという希望《きぼう》を伝《つた》えると、ロトはすぐに模型《もけい》をつくって、もちあげてみせた。

「新型《しんがた》で、舟体《しゅうたい》は二重構造《にじゅうこうぞう》。あたしの最高傑作《さいこうけっさく》だよ。これ以上《いじょう》ないアップグレード。乗組員《のりくみいん》のためにいろいろ改造《かいぞう》した」

「ロト！」

はりきって説明《せつめい》するロトに、モアナはやっと口《くち》をはさんだ。

やっぱりどうしても旅《たび》の仲間《なかま》に加《くわ》わってほしい人《ひと》がここにいる。

「いっしょに舟《ふね》に乗《の》ってほしいの」

「え……」

ロトが一瞬《いっしゅん》口《くち》ごもる。

そして、模型《もけい》の舟《ふね》をモアナの両手《りょうて》に押《お》しつけた。

「じゃあ、もっといい舟《ふね》にしなくちゃね」

わーい、やった！

モアナがにこっとしたときにはもう、ロトはさっきの模型《もけい》を破壊《はかい》してあたらしい模型《もけい》をつくりはじめていた。

舟小屋《ふなごや》を出《で》るとき、モアナはニヤニヤしていた。

発明《はつめい》の才能《さいのう》があるロトがいてくれたら、ものすごく心強《こころづよ》い。

つぎは、作物《さくもつ》に関《かん》する才能《さいのう》が必要《ひつよう》だ。

思《おも》ったとおり、ケレは畑《はたけ》でタロイモの世話《せわ》をしていた。

ケレは愛想《あいそ》が悪《わる》くてもんくが多《おお》い気《き》むずかしいおじいさんだけど、ほんとうは心《こころ》やさしくて、作物《さくもつ》のことならだれよりもよく知《し》っていて愛情《あいじょう》たっぷりに育《そだ》てている。

いまも作物《さくもつ》のまわりの土《つち》をそっとやさしくたたいている姿《すがた》は、忍耐力《にんたいりょく》のかたまりだ。

だけどモアナがここに来《き》た理由《りゆう》を話《はな》すと、ケレはいつもより不機嫌《ふきげん》そうな顔《かお》をした。

「作物《さくもつ》をつくっている私《わたし》が？　海《うみ》に出《で》る？」

ムッとしてどなり声《ごえ》をあげる。

モアナはうなずいて、ケレの熱心《ねっしん》な弟子《でし》がよこしてきたバナナをひと口《くち》かじった。

「食《た》べるのが魚《さかな》だけじゃ……」

ケレがすかさず口《くち》をはさんでくる。

「灌漑設備《かんがいせつび》もないし、ロクに野菜《やさい》は育《そだ》たん。このいちばんの弟子《でし》を連《つ》れていったって、飢《う》え死《じ》にするだろうな」

ケレが弟子《でし》を指《ゆび》さす。

モアナは笑《わら》いそうになるのをがまんした。

うまくケレに言《い》わせなくちゃ。

「そのとおり。だから、師匠《ししょう》が来《き》てくれなくちゃ」

「そうとも。この私《わたし》……うっ……」

きたーっ！　ほしかった言葉《ことば》！

「ありがとう、ケレ！　大好《だいす》きだよ！」

声《こえ》をはずませて言《い》うと、さっさと走《はし》りだした。

うしろからケレのもんくがきこえてきたけれど、言葉《ことば》をひっこめるチャンスをあげるつもりはさらさらない。

あとひとりで仲間《なかま》がそろう。


それから少《すこ》しして、モアナはモニの集会所《しゅうかいじょ》に入《はい》っていった。

子《こ》どもたちは外《そと》で遊《あそ》んでいるので、なかはしーんとしている。

マウイを描《えが》いた布《ぬの》に近《ちか》づいていく。

筋肉《きんにく》モリモリで存在感《そんざいかん》がすごくて、いまにも布《ぬの》から飛《と》びだしてきてからかってくるんじゃないかって気《き》がする。

ああ、マウイが旅《たび》の仲間《なかま》に加《くわ》わってくれたらどんなにいいか。

「ねえマウイ……ほんとに久《ひさ》しぶり。いまどこにいるか知《し》らないけど、助《たす》けてもらえたらなあ」

そのとき、布《ぬの》のむこうから大《おお》きな黒《くろ》い影《かげ》が近《ちか》づいてきて、モアナはギクッとした。

まさか……えっ、もしかして？

「マウイ！」

大《おお》よろこびでさけんで布《ぬの》をめくると、むこう側《がわ》にいたのは……モニ。

マウイオタクのモニが、ニカーッと笑《わら》いながら布《ぬの》の絵《え》を指《ゆび》さした。

「マウイだけじゃなくて、マウイとぼくのふたりだ」

モニがお気楽《きらく》に言《い》うと、ずらりと並《なら》んだ布《ぬの》を示《しめ》す。

「ぼくたちふたり。シリーズで描《か》いてるんだよ」

たしかにそこには、さまざまな場面《ばめん》のマウイとモニの姿《すがた》が描《えが》かれていた。

どちらも明《あき》らかに強《つよ》そうだし、どんな困難《こんなん》にもたちむかえそうだ。

モニが、自分《じぶん》が描《か》いた絵《え》を見《み》ながら言《い》う。

「そうさ、マウイがいてくれればね。昔《むかし》の話《はなし》をなんでも知《し》ってて、すごく強《つよ》くて、それでいて髪《かみ》がふさふさで……」

モアナは、マウイの絵《え》と実物《じつぶつ》のモニをかわりばんこに見《み》ながら言《い》った。

「だよね、よく似《に》た感《かん》じの人《ひと》ならひとりいるけど……」

布《ぬの》にむかってうなずいてから、モニにむかってうなずいて、眉《まゆ》をクイッとあげる。

すると、モニが気《き》づいてハッとして声《こえ》をあげた。

「えっ、そういうこと？　やった！　モアナといっしょにご先祖様《せんぞさま》からの呼《よ》びかけにこたえるのか！」

神々《かみがみ》の物語《ものがたり》にくわしい人《ひと》がいてくれたら大《おお》きな戦力《せんりょく》だ。

もちろん、怪力《かいりき》なのもプラスポイント。

モアナはにっこりした。

これで仲間《なかま》がそろった。

準備《じゅんび》ばんたんで、あとは、カゴにつめた最後《さいご》の荷物《にもつ》を舟《ふね》に積《つ》みこめば出発《しゅっぱつ》できる。

だけど、そのカゴをもとうとすると、重《おも》すぎてあがらない。

なかをのぞいてみると……シメアが大《おお》きなうるんだ目《め》でじっと見《み》あげていた。

「あたしも行《い》く」

モアナの目《め》にも涙《なみだ》が浮《う》かぶ。

出発《しゅっぱつ》の準備《じゅんび》でいそがしくて、いちばんつらいおわかれのことを考《かんが》えてなかった。

シメアの悲《かな》しそうな目《め》に、胸《むね》が引《ひ》き裂《さ》かれそうになる。

「できるだけはやく帰《かえ》ってくるから。約束《やくそく》する」

そう言《い》って、シメアを抱《だ》っこしてカゴから出《だ》す。

「もしも帰《かえ》ってこなかったら?」

シメアが、不安《ふあん》に顔《かお》をゆがませる。

モアナはすーっと息《いき》を吸《す》った。

どうやって安心《あんしん》させればいいんだろう?

海《うみ》のほうに視線《しせん》をむけたとき、いい考《かんが》えが浮《う》かんだ。

シメアの手《て》をとって、岩《いわ》でかこまれた静《しず》かな浅瀬《あさせ》にむかう。

のぼる朝日《あさひ》に照《て》らされて金色《きんいろ》にかがやく水《みず》のなかに足《あし》をふみいれて、かがみこんで指《ゆび》で水《みず》をくるくるかき混《ま》ぜた。

「海《うみ》はわたしの友《とも》だちなの。わたしたちの友《とも》だち。海《うみ》はわたしたちをつないでる」

モアナは言《い》った。

シメアは水面《すいめん》にたつさざなみを目《め》で追《お》っていた。

するとふいに波《なみ》が引《ひ》いたかと思《おも》うと、海《うみ》がもりあがってドームになり、モアナとシメアの前《まえ》に道《みち》ができた。

モアナはシメアをかかえてその道《みち》を進《すす》んでいった。

シメアが、頭《あたま》の上《うえ》を泳《およ》ぐ魚《さかな》をさわろうとして手《て》をのばす。

すると海《うみ》がシメアをスルリとなでた。

シメアがクスクス笑《わら》う。

海《うみ》がもどっていくと、モアナは海岸《かいがん》にもどり、シメアをおろして言《い》った。

「だから、わたしがどこへ行《い》こうと、どこにいようと、わたしたちはいつでもいっしょだよ」

シメアは少《すこ》しのあいだ、考《かんが》えていた。

そして、うん、わかったというふうにうなずいた。アンクレットについていた小《ちい》さなヒトデをとって、モアナにわたす。

「これでおうちを思《おも》い出《だ》してね」

モアナは目《め》に涙《なみだ》を浮《う》かべてにっこりした。

シメアがしがみついてくると、思《おも》いっきりぎゅっと抱《だ》きしめる。

いつまでもこうしていたい。

でも、導《みちび》いてくれる彗星《すいせい》が空《そら》に出《で》ているうちに出発《しゅっぱつ》しなきゃいけない。

モアナは、シメアがくれたヒトデをネックレスの貝《かい》がらのなかにしっかり入《い》れた。

そして、舟《ふね》がとまっているところまでもどりはじめた。

シメアがうしろからテケテケついてくる。

村《むら》じゅうの人《ひと》が見送《みおく》りに集《あつ》まっていた。

モアナが来《く》るのを見《み》て、みんなが道《みち》をあける。

いちばん奥《おく》に、お母《かあ》さんとお父《とう》さんが立《た》っていた。

そのむこうに浮《う》かんでいる舟《ふね》には、ロト、ケレ、モニがもう乗《の》りこんでいる。

口々《くちぐち》に元気《げんき》でねと村人《むらびと》たちがさけぶ。

モアナはお母《かあ》さんとお父《とう》さん、シメアを抱《だ》きしめた。

言葉《ことば》はいらない。

最後《さいご》にぎゅっと腕《うで》に力《ちから》をこめたあと、モアナはくるっとむきを変《か》えると舟《ふね》にとび乗《の》った。

もちろん、プアもヘイヘイもいっしょだ。

村《むら》の人《ひと》たちは、帆《ほ》がひらくと歓声《かんせい》をあげた。

帆《ほ》のまんなかには、器《うつわ》に彫《ほ》られていたのとおなじ、モトゥフェトゥの島《しま》とその上空《じょうくう》の星《せい》座《ざ》の絵《え》があった。

舟《ふね》が出《で》ると、モアナはふりかえって、最後《さいご》にもう一度《いちど》手《て》をふった。

歓声《かんせい》がきこえなくなり、風《かぜ》が吹《ふ》いてくると、モアナはじっと前《まえ》を見《み》すえた。

彗星《すいせい》が、朝《あさ》の空《そら》に明《あか》るくかがやいている。

舟《ふね》はサンゴ礁《しょう》をこえて、大海原《おおうなばら》へと出《で》ていった。

さあ、モトゥフェトゥを見《み》つけよう。

7 神《かみ》の領域《りょういき》に囚《とら》われたマウイ

今日《きょう》はひどい日《ひ》だ。

いや、こんなひどい日《ひ》がしばらく前《まえ》からつづいている。

いったい、いつからだ？

わかるわけないか。

くさった卵《たまご》とくさった魚《さかな》が混《ま》ざったみたいなにおいがする窓《まど》のない暗《くら》い空間《くうかん》にとじこめられてたら、時間《じかん》の流《なが》れなんか認識《にんしき》できっこない。

そして残念《ざんねん》ながらいま、マウイがいるのはまさにそういう空間《くうかん》だった。

威勢《いせい》よくマタンギに戦《たたか》いをいどんだものの、あっさり囚《とら》われてしまい、海中《かいちゅう》に沈《しず》むこの巨大《きょだい》な貝《かい》のなかから出《で》られなくなってしまった。

それだけでもサイアクなのに、暗闇《くらやみ》のなかでロープにつられている。

からだには、巨大《きょだい》な魚《さかな》の骨《ほね》でつくった鎖《くさり》がぐるぐる巻《ま》きだ。

腕《うで》をからだのわきに固定《こてい》されているので身動《みうご》きがとれないまま、ただブラブラしている。

ぶらさげられているロープは、マウイの釣《つ》り針《ばり》にくくりつけられていた。

釣《つ》り針《ばり》はもう一本《いっぽん》べつのロープにも結《むす》びつけられていて、そのロープは果《は》てしない暗闇《くらやみ》の奥《おく》からのびている。

そんな逆境《ぎゃっきょう》のなかでも、マウイは顔《かお》をぐいっとあげて挑戦的《ちょうせんてき》にさけんだ。

「よし、もう一度《いちど》言《い》う。これでオレたちの物語《ものがたり》がおわったわけじゃない！　オレたちの未《み》来《らい》は消《き》えたりしない。力《ちから》を合《あ》わせてともに立《た》ちあがろう！　さあ、ともに自由《じゆう》を手《て》に入《い》れるんだ！」

声《こえ》が遠《とお》くの壁《かべ》に反響《はんきょう》する。

（どうだ、オレのスピーチ、感動《かんどう》したか？）

マウイは下《した》をむいて、集《あつ》まった観客《かんきゃく》たち、つまり今回《こんかい》の場合《ばあい》はトビハゼのうじゃうじゃした群《む》れを見《み》つめた。

ヌメヌメしたギョロ目《め》の魚《さかな》たちが、ぼけーっとこちらを見《み》ている。

おいおい……マウイは眉《まゆ》をよせた。

だけどそのとき、群《む》れの一匹《いっぴき》がゆっくり顔《かお》をあげて、マウイをしっかりと見《み》すえた。

おっ、もしかして……希望《きぼう》の光《ひかり》を感《かん》じてマウイは声《こえ》をあげた。

「あいつはわかってるな！　そう、そこのイケメン君《くん》！　さあ、たのむぜ。オレの釣《つ》り針《ばり》をとれ」

胸《むね》の上《うえ》でミニ・マウイが首《くび》を横《よこ》にふる。

さんざん試《ため》してきて一回《いっかい》もうまくいった試《ため》しがないだろ？　というふうに。

（いや、いまのいままでは一回《いっかい》も、だ）

ゆっくりとトビハゼたちが重《かさ》なりはじめて、ピラミッドのような形《かたち》になった。

このままいけば、釣《つ》り針《ばり》まで届《とど》きそうだ！

「やった！　そうだ、いいぞ！　その調子《ちょうし》。みんなやるじゃないか！」

マウイは勝《か》ち誇《ほこ》った。

「もっと上《うえ》だ！　のぼれ！　もう少《すこ》しで届《とど》くぞ。あとちょっと……」

ゴボゴボ、ベチャベチャ……。

頭上《ずじょう》のどこからか、イヤな音《おと》がきこえてきた。

トビハゼが口《くち》をポカンとあけたまま動《うご》きをとめる。

「おいっ、ダメだ！　やめるな！　そのままつづけろ！」

音《おと》がだんだん大《おお》きくなってくる。

ガボガボという音《おと》がひびいてきて、ドロドロの液体《えきたい》が流《なが》れ落《お》ちてきた。

トビハゼのピラミッドがくずれて流《なが》れていってしまう。

マウイのもじゃもじゃの髪《かみ》は、液体《えきたい》でベトベト。

肩《かた》に移動《いどう》してきたミニ・マウイが、脱出作戦《だっしゅつさくせん》カウント表《ひょう》に、すでに何十本《なんじっぽん》もある線《せん》を一本足《いっぽんた》す。

「心配《しんぱい》するな。かならずここから脱出《だっしゅつ》する」

ミニ・マウイがモアナのタトゥーを指《ゆび》さして、『助《たす》けてもらったら？』という顔《かお》をする。

なにを失礼《しつれい》な、オレは半神《はんしん》だぞ。

「いや、助《たす》けてもらう必要《ひつよう》なんか……」

ミニ・マウイの視線《しせん》を感《かん》じて、マウイはさらに言《い》った。

「……今回《こんかい》はない。殺《ころ》されちまう。ナロは人間《にんげん》をきらってるんだ。まあ、このオレのことも、そうとうきらってるがな」

ミニ・マウイがうんうんうなずく。

「だから、モアナはかかわらないほうがいい」

マウイはそう言《い》いながらからだを動《うご》かしてロープを揺《ゆ》らした。

「オレたちは自力《じりき》でなんとかする」

あ、いいこと思《おも》いついたぞ。

マウイはロープにかみついて歯《は》でギリリとかんだ。

こうなったらかみ切《き》って脱出《だっしゅつ》してやる！

そのときなにか、というかだれかの気配《けはい》を感《かん》じて、マウイはゆっくりと顔《かお》をあげた。

ヤバッ！

目《め》の前《まえ》にマタンギがさかさまにぶらさがっている。

たぶんずっといて、オレがもがき苦《くる》しむのを見物《けんぶつ》して楽《たの》しんでいたんだろう。

「ふふん、逃《に》がしてあげてもいいんだけど、ただし……」

マタンギの声《こえ》の調子《ちょうし》が変《か》わって、ベトッと甘《あま》ったるくなる。

「あなたのかわいいお友《とも》だちに会《あ》ってみたいの。あなたたちふたりに提案《ていあん》したい楽《たの》しい計《けい》画《かく》があるの」

「なんだって？　おい！　なんなんだ！」

マウイはさけんだけど、マタンギは姿《すがた》を消《け》してしまった。

ゴボゴボゴボ……。

また音《おと》がひびいてきて、またベトベトの液体《えきたい》がふりそそいできた。

やれやれ……ここを出《で》たらすぐに髪《かみ》を洗《あら》わなくちゃだな。

まあ、出《で》られたらの話《はなし》だけど。

モアナがひどい目《め》にあってないといいんだが……どこにいるかはわからないけれど。

8

彗星《すいせい》を追《お》いかけて

モアナは舟《ふね》のマストのてっぺんにのぼって、遠《とお》くに見《み》える彗星《すいせい》を目《め》で追《お》っていた。

なんてうつくしい景色《けしき》なんだろう。

新鮮《しんせん》な海《うみ》の空気《くうき》をすーっと吸《す》いこむと、首《くび》からさげた貝《かい》のなかにシメアのヒトデがちゃんと入《はい》っているのを確認《かくにん》する。

ツンッ！

いつの間《ま》にかニワトリのヘイヘイもマストにのぼっていて、鼻《はな》をつついてきた。

「ちょっと、やめてってば。うわっ！」

ぐらっとして、モアナは声《こえ》をあげた。

下《した》を見《み》ると、ロトが斧《おの》でマストをたたき切《き》ろうとしている。

「ロト？　ちょっと、なにしてんの？」

「この舟《ふね》の改造《かいぞう》！」

モアナはダーッとマストをすべりおりた。

「あのね、この舟《ふね》、このままでカンペキだよ」

「カンペキなんてない。あるのは失敗《しっぱい》だけ。そこから学《まな》ぶ。死《し》ぬまでずっと」

モアナが反論《はんろん》しようとしたとき、舟《ふね》がむきを変《か》えはじめた。

彗星《すいせい》からどんどんはなれていく。

オールを握《にぎ》っているはずのモニが筆《ふで》をもって、航海《こうかい》をはじめるモアナの絵《え》を布《ぬの》に描《か》いている。

「モニ！　オールは？」

モアナは、舟《ふね》が針路《しんろ》をはずれていくのを見《み》てさけんだ。

だけどモニは、絵《え》にオールを描《か》き足《た》しながらさけんだ。

「そりゃそうだ！　さすがは〈道《みち》を見《み》つける者《もの》〉だ！」

モアナはため息《いき》をついて、自分《じぶん》で針路《しんろ》を彗星《すいせい》にむけて修正《しゅうせい》した。

ブチッ！　ロトがロープを斧《おの》で切《き》る。

舟《ふね》がいきなりぐるりとむきを変《か》えて、乗《の》っていたみんながズズーッとすべった。

モアナはあわてでまた針路《しんろ》を修正《しゅうせい》した。

「いい？　みんな、海《うみ》の人《ひと》たちみんなの期待《きたい》がかかってるって、わかってる？　だからやるときはやらなくちゃ。ちゃんと針路《しんろ》を守《まも》って、全員《ぜんいん》でやりとげようよ」

そう言《い》いながら乗組員《のりくみいん》の数《かず》をかぞえる。

あれ、ひとり足《た》りない。

「ちょっと待《ま》って！　ケレは？」

すべって目《め》がまわったプアが、よろよろと船倉《せんそう》のなかにつっこんでいく。

「イテッ！」

声《こえ》がした船倉《せんそう》のなかをモアナがのぞきこむと、貨物《かもつ》のあいだにケレがかくれていた。

「いつになったらこの揺《ゆ》れはおさまるんだ？」

「まあ、ここって海《うみ》の上《うえ》だからね」

ケレからプアを受《う》けとったとき、さっきよりはげしく舟《ふね》が揺《ゆ》れた。

モニがオールをほっぽらかしている……またしても。

モアナは舟《ふね》から放《ほう》りだされないように甲板《かんぱん》にしがみついた。

やっと立《た》ちあがって、必死《ひっし》で針路《しんろ》をもどそうとする。

「みんな！　こんなんじゃ……海《うみ》のことを信《しん》じて受《う》けいれないと……」

「海《うみ》ってただの液体《えきたい》だよ」

ロトが言《い》う。

「ちなみに、私《わたし》はカナヅチだ」

ケレも言《い》う。

このままじゃマズい。みんなをやる気《き》にさせなくちゃ。

「みんな、モトゥフェトゥに行《い》って、呪《のろ》いを解《と》きたいでしょ？」

みんなが、どうだかねという顔《かお》をする。

「心《こころ》をひとつにしなくちゃ」

モアナの言葉《ことば》がむなしく波間《なみま》にこだまする。

舟《ふね》の上《うえ》は、しーんとしている。

モアナはため息《いき》をついた。

風《かぜ》と海《うみ》と空《そら》、これ以上《いじょう》にステキなものはない。

なんでみんな、この気持《きも》ちがわからないの？

まあ、少《すこ》し時間《じかん》が必要《ひつよう》なのかも。

そしてラッキーなことに、時間《じかん》ならたっぷりある。


毎日毎日《まいにちまいにち》、モアナはしんぼう強《づよ》く仲間《なかま》たちをはげましつづけた。

海《うみ》を抱《だ》きしめて、この旅《たび》がどんなに大切《たいせつ》かを感《かん》じて、と。

自分《じぶん》とおなじように冒険《ぼうけん》の楽《たの》しさを味《あじ》わってほしい。

はげしく雨《あめ》がふったり、おそろしい雷《かみなり》が鳴《な》ったり、焼《や》けつくほど暑《あつ》かったり凍《こご》えるほど寒《さむ》かったり。何度《なんど》もあきらめたくなったし、あまりにも危険《きけん》だと感《かん》じることもあったけど、なんとか力《ちから》を合《あ》わせてのりきった。

困難《こんなん》にあうたび、仲間《なかま》たちはだんだんとモアナの考《かんが》え方《かた》を理解《りかい》してきた。

ケレは、カナヅチなりに海《うみ》の上《うえ》にいることを受《う》けいれるようになって、野菜《やさい》をせっせと育《そだ》てていた。

モニは、いままで描《か》いてきたものとはまったくちがう風景《ふうけい》があることを知《し》り、オールをはりきって動《うご》かした。

ロトは、やたらめったらものを切《き》り落《お》とさずに舟《ふね》が安全《あんぜん》に航海《こうかい》できるように気《き》を配《くば》っていた。

プアとヘイヘイも、もちろん仲間《なかま》の数《かず》に入《はい》っている。

どちらも操縦《そうじゅう》はできないけれど、少《すく》なくとも快適《かいてき》に楽《たの》しく過《す》ごしているようだ。

そして、とうとう、前《まえ》にモアナが心《こころ》を返《かえ》しにきたテ・フィティがいる島《しま》を通《とお》りすぎた。

ここからは未知《みち》の領域《りょういき》だ。

それからもずっと、モアナは舟《ふね》を前《まえ》に進《すす》めつづけ、彗星《すいせい》を追《お》いかけた。

ときどき、もらったヒトデの輪郭《りんかく》を海《うみ》に描《か》いて、シメアに無言《むごん》のメッセージを送《おく》る。

海《うみ》はいつでもこたえてくれた。

波《なみ》をたてて水《みず》をバシャンと顔《かお》にかけてきて、シメアからの返事《へんじ》を届《とど》けてくれる。

水《みず》しぶきでびしょびしょになっても、モアナはうれしかった。

海《うみ》がずっと友《とも》だちでいてくれるのがわかる。

妹《いもうと》が元気《げんき》にしていることも、仲間《なかま》が協力《きょうりょく》してくれることも。

そして、彗星《すいせい》が導《みちび》いてくれていることもわかる。

だけどふいに、彗星《すいせい》がちらつきはじめた。

いきなりまぶしく燃《も》えあがり……。

爆発《ばくはつ》した。

「あれを追《お》いかけていく予定《よてい》なんじゃ……？」

ケレが少《すこ》しだまりこくってからたずねる。

モアナは目《め》を見《み》ひらいて、必死《ひっし》で暗《くら》い夜空《よぞら》に目《め》をこらした。

「あ、えっと……あわてないで……」

明《あき》らかにあわてて言《い》う。

「これにはきっと、なにかしらの理由《りゆう》があるはず。そう、きっといいことだよね」

ザザーッ！

舟《ふね》がふいに揺《ゆ》れて、乗組員《のりくみいん》たちが全員《ぜんいん》、後方《こうほう》にズズーッとすべる。

モアナはあたりをきょろきょろした。

いったいなにが起《お》きたの？

「モニ、オールをもって！」

モニがとびあがって大《おお》きなオールにかけよる。

だけど、オールはびくともしない。

舟《ふね》は予想外《よそうがい》の針路《しんろ》を進《すす》んでいく。

「なんなんだよ！　この舟《ふね》、おかしいよ！」

モニは歯《は》を食《く》いしばってオールを動《うご》かそうとがんばった。

「おかしいのは舟《ふね》じゃない。潮《しお》の流《なが》れ」

ロトがキッパリ言《い》う。

このままじゃマズい。

前《まえ》の冒険《ぼうけん》ではこんなとき、海《うみ》が助《たす》けてくれた。

今度《こんど》も助《たす》けてくれるかもしれない。

「ねえ、海《うみ》」

モアナは呼《よ》びかけながら、舟《ふね》のへりから身《み》をのりだした。

「あのね、どっちに行《い》くかきいてなかったよね。だから、えっと、これが針路《しんろ》を変《か》えろっ

ていう意味《いみ》だったら、親指《おやゆび》を立《た》てて合図《あいず》してくれると助《たす》かるんだけど」

返事《へんじ》のように舟《ふね》がスピードをあげ、謎《なぞ》の水流《すいりゅう》のなかにひきこまれていった。

え、どういうこと？

これが合図《あいず》なの？

海《うみ》がこたえてくれたってこと？

考《かんが》えていたら、ケレがさけんだ。

「陸《りく》？　陸《りく》だ！」

モアナは太陽《たいよう》にむかって目《め》を細《ほそ》くした。

水平線《すいへいせん》に黒《くろ》い影《かげ》が見《み》える。

強《つよ》い水流《すいりゅう》にのせられて、舟《ふね》はその影《かげ》のほうにひきよせられていく。

「モトゥフェトゥだ！　見《み》つけたぞ！　楽勝《らくしょう》だったな！」

モニが感動《かんどう》に声《こえ》をふるわせる。

「ね、いま、人《ひと》の声《こえ》がしなかった？」

ロトがたずねた。

たしかに、波《なみ》のむこうからかすかに話《はな》し声《ごえ》がきこえる。

ほかのみんなは大《おお》よろこびだけど、モアナは眉《まゆ》をひそめた。

おかしい。

モトゥフェトゥがこんなにあっさり見《み》つかるんだったら、ご先祖様《せんぞさま》たちがとっくに見《み》つけていたはずだ。

黒《くろ》い影《かげ》がハッキリ見《み》えてきて、モアナの心《こころ》はさらに沈《しず》んだ。

平底《ひらぞこ》の船《ふね》。

「あれは島《しま》じゃない。それに……いまの声《こえ》は人間《にんげん》じゃない」

あの黒《くろ》い影《かげ》は、モトゥフェトゥじゃない。

モトゥフェトゥを見《み》つけたどころか……。

海賊《かいぞく》カカモラに見《み》つかった！

見《み》た目《め》はココナッツみたいでかわいくても、実《じつ》は冷酷《れいこく》で残忍《ざんにん》なカカモラに！

三年前《さんねんまえ》の冒険《ぼうけん》のときもマウイといっしょにカカモラの船団《せんだん》に出遭《であ》っておそわれた。

あのときはギリギリ逃《に》げきったけど……。

9 ココナッツ海賊《かいぞく》カカモラ

霧《きり》のなかから巨大《きょだい》なカカモラの船団《せんだん》が姿《すがた》をあらわした。マウイと旅《たび》していたときに出遭《であ》った海賊船《かいぞくせん》より、今回《こんかい》のほうが大《おお》きくて、数《かず》も多《おお》いかなり。

カカモラたちが帆《ほ》を広《ひろ》げると、船《ふね》はどんどんスピードをあげて近《ちか》づいてきた。

そして、戦《たたか》いをはじめるカカモラの合図《あいず》のさけびがひびいてきた。

船団《せんだん》が突進《とっしん》してくると、モアナはすぐに行動《こうどう》を開始《かいし》して舟《ふね》をかけまわった。

「カカモラにつかまったらきっと……殺《ころ》されちゃう。みんな、すぐ逃《に》げよう！」

仲間《なかま》たちは、パニクってちりぢりにかけていった。

みんなのあわてふためくわめき声《ごえ》をかき消《け》すように、カカモラたちの雄叫《おたけ》びがひびく。

ココナッツの鎧《よろい》を身《み》につけて毒矢《どくや》を手《て》にした、見《み》た目《め》はちっちゃくてキュートだけど残《ざん》酷《こく》きわまりない海賊《かいぞく》が、何百《なんびゃく》も待《ま》ちかまえているらしい。

船団《せんだん》がぐんぐんせまってきて、モアナは息《いき》をのんだ。
もう逃《に》げられないし、前《まえ》みたいに助《たす》けてくれるマウイもいない。
となりで、ケレがつぶやいた。
「恥《は》ずかしいったらありゃしない。ココナッツに殺《ころ》されるとは」
みんな、いっせいに息《いき》をのむ。
もうこれまでか……。
そう覚悟《かくご》したとき……カカモラたちの船団《せんだん》が横《よこ》をダーッと素通《すどお》りしていった！
えっ、どういうこと？
モアナはポカンとした。
ロトがホッとして言《い》う。
「あー……あたしたちを無視《むし》してる？　それっていいことだよね？」
カカモラたちは攻撃《こうげき》してくるどころか、やたらパニクっているようだ。
（もしかして、なにかから逃《に》げているところとか？）
モアナがそう考《かんが》えたとき、まさに目《め》の前《まえ》に、カカモラをこわがらせていたものが見《み》えてきた。

巨大《きょだい》な貝《かい》の怪物《かいぶつ》が、大《おお》きな口《くち》をあけてあたりの海《うみ》ごとのみこもうとしている！

この貝《かい》のせいで流《なが》れができて、この舟《ふね》はカカモラの船団《せんだん》にぐんぐんひきよせられていたんだ！

貝《かい》がつくる水流《すいりゅう》の針路《しんろ》に入《はい》ったら最後《さいご》、あっという間《ま》にパクリと食《た》べられてしまう!!

船団《せんだん》から切《き》りはなされたカカモラの船《ふね》のひとつが逃《に》げきれずに、貝《かい》に吸《す》いこまれてバリバリかみくだかれる。

水流《すいりゅう》から抜《ぬ》けださなきゃいけない。いますぐ。

「みんな、倉庫《そうこ》に入《はい》って！」

モアナはさけんで、すっかりかたまって動《うご》けなくなっている仲間《なかま》たちを船倉《せんそう》に押《お》しこんだ。

そして自分《じぶん》はさっそく行動開始《こうどうかいし》。片手《かたて》にロープの束《たば》を握《にぎ》り、もう片方《かたほう》の手《て》にオールをもち、カカモラの大《おお》きな船《ふね》のうしろに自分《じぶん》の舟《ふね》をピッタリつけた。

舟《ふね》を安定《あんてい》させ、いまだというタイミングでロープを投《な》げる。
ロープがヒュンと飛《と》んでいき、カカモラの船《ふね》にひっかかってピンと張《は》った。
カカモラ船団《せんだん》にひっぱってもらう作戦《さくせん》！
ロトが感心《かんしん》してさけぶ。
「うわぁ！　遠心力《えんしんりょく》を利用《りよう》して速度《そくど》をあげてるんだ！　すごい、モアナ！」
舟《ふね》は一秒一秒《いちびょういちびょう》とスピードをあげていく。
あっという間《ま》にカカモラ船団《せんだん》の前《まえ》にとびだした。
吹《ふ》き矢《や》がつぎつぎ飛《と》んでくるけど、モアナは華麗《かれい》な身《み》のこなしでよける。
危機《きき》を脱《だっ》したのを確信《かくしん》すると、モアナはふりかえってカカモラたちに手《て》をふった。
「バイバーイ！　おじゃましましたーっ！」
調子《ちょうし》にのって言《い》い、舟《ふね》をつないでいるロープを切《き》ろうとする。
ギィィィ……！
ふいに不吉《ふきつ》な音《おと》がして、モアナはギクッとした。
カカモラの船《ふね》がサンゴ礁《しょう》にひっかかって動《うご》かなくなってしまったらしい。

つないでいたロープがピンと張《は》る。

遠心力《えんしんりょく》でモアナたちの舟《ふね》が大《おお》きく旋回《せんかい》して、海《うみ》に投《な》げだされそうになったモアナはマストにしがみついた。

カカモラたちの船《ふね》がぐーんとせまって、ぶつかってきた！

モアナたちの舟《ふね》は、カカモラの大《おお》きな船《ふね》にのりあげてしまった。

そして気《き》づいたらモアナは、怒《いか》れるココナッツたちにかこまれていた。

自分《じぶん》たちのじゃまをする者《もの》にはだれかれかまわず毒矢《どくや》を吹《ふ》きかけるココナッツ海賊《かいぞく》。

（これって、巨大《きょだい》な貝《かい》の怪物《かいぶつ》に吸《す》いこまれるのとどっちがヒサン？）

仲間《なかま》たちがまだ船倉《せんそう》にいるのを確認《かくにん》して、モアナはオールを手《て》にとった。

「かかっておいで、ココナ……」

ピシッ、ピシッ、ピシッ。

カカモラの吹《ふ》き矢《や》が背中《せなか》に突《つ》きささった。

「……ッツ」

モアナはバタッと倒《たお》れた。

さらに、船倉《せんそう》から出《で》てきた仲間《なかま》たちも――。

目《め》をさましたモアナは、骨《ほね》がゼリーになったみたいに力《ちから》が入《はい》らないし、そもそも手足《てあし》をしばられていた。

まわりに転《ころ》がっている仲間《なかま》たちもおなじようなものだ。

みんな、カカモラの吹《ふ》き矢《や》にやられたらしい。

どういうわけかヘイヘイだけ、矢《や》があたらなかったらしくピンピンしている。

モアナたちは、たくさんの怒《いか》れるカカモラにとりかこまれていた。

モアナはダメもとで、声《こえ》をふりしぼった。

「ねえ、きいて！　わたしたち、大切《たいせつ》な航海《こうかい》の途中《とちゅう》なの。だからすぐに解放《かいほう》して」

コツコツという音《おと》がきこえてきた。

必死《ひっし》の努力《どりょく》でなんとか頭《あたま》を動《うご》かすと、ヘイヘイがモアナたちの舟《ふね》の帆《ほ》をくったロープをつついている。

ロープが切《き》れ、風《かぜ》を受《う》けて帆《ほ》がひらいた。

帆《ほ》に描《えが》かれたモトゥフェトゥとその上空《じょうくう》にある星座《せいざ》の絵柄《えがら》があらわれる。

それを見《み》るなり、カカモラたちがかたまる。

そして、ものすごい雄叫《おたけ》びがあがり、カカモラたちは大騒《おおさわ》ぎをはじめた。

モアナたちは自分《じぶん》たちの舟《ふね》から運《はこ》びだされて、カカモラの船《ふね》にドサリと乱暴《らんぼう》におろされた。

なぜかヘイヘイだけ、ていねいに運《はこ》ばれている。

カカモラたちは大《おお》はしゃぎで浮《う》かれているけど、なぜか首長《しゅちょう》の息子《むすこ》のコトゥだけはムスッとした顔《かお》でこちらをギロッとにらんでいる。

「ねえ……どうなってるの？」

モアナはたずねた。

カカモラたちがなにをよろこんでいるのか、まったくもって意味不明《いみふめい》だ。

ふいにカカモラのひとりがモニに近《ちか》づいてきて、手《て》にした布《ぬの》を広《ひろ》げてうなずいてみせた。

布《ぬの》に描《えが》かれているのは、モニが描《か》いたマウイの絵《え》だ。

カカモラは、おまえが描《か》いたのか？　というふうに布《ぬの》とモニをかわりばんこに指《ゆび》さした。

「それは、まあいわゆる……ファンアートだ」

モニが誇《ほこ》らしげにうなずいて説明《せつめい》する。

「アホか。おまえが描《か》いたのかきいてんだよ。絵心《えごころ》があるなら読《よ》みとれってことだろ、カカモラの絵《え》を」

となりでケレが、ぶっきらぼうに言《い》う。

カカモラたちが、わらわらと前《まえ》に集《あつ》まってきたかと思《おも》うと、それぞれのポジションに移《い》動《どう》していく。

（んんん？　なにやってるんだろう？）

カカモラをひとつの点《てん》として、点《てん》と点《てん》をつなげると、意味《いみ》のある絵《え》ができるみたいだけど……。

モアナは首《くび》をかしげた。

モニがすぐに理解《りかい》して、説明《せつめい》をはじめる。

図解《ずかい》でカカモラの歴史《れきし》を見《み》せてくれているらしい。

「あ……ああ、えっと、きみたちのふるさとの島《しま》はモトゥフェトゥとおなじ海《うみ》にあるんだね」

モニが絵《え》の解釈《かいしゃく》をすると、カカモラたちはまたゴロゴロ転《ころ》がって移動《いどう》して、あたらしい絵《え》をつくった。

「で、ナロが海路《かいろ》を絶《た》って海《うみ》の民《たみ》の力《ちから》を弱《よわ》めたとき……きみたちの祖先《そせん》は……ふるさととひきはなされた。で、やっと帰《かえ》り道《みち》を見《み》つけたと思《おも》ったら……巨大《きょだい》な貝《かい》の怪物《かいぶつ》に出《で》くわして……このままだとふるさとにもどれないかもしれない。永遠《えいえん》に」

モニの解説《かいせつ》に、カカモラの首長《しゅちょう》が、そのとおりだというふうにうなずく。

モアナは、モニとカカモラをかわりばんこに見《み》て声《こえ》をあげた。

「いままでずっと、ふるさとに帰《かえ》ろうとしてただけなの？」

なーんだ、わたしたち、おなじ場所《ばしょ》を目指《めざ》してたんだ。

首長《しゅちょう》はモアナたちを指《ゆび》さして、それから巨大《きょだい》な貝《かい》の怪物《かいぶつ》を指《ゆび》さした。

今度《こんど》はモアナもジェスチャーの意図《いと》を理解《りかい》した。

「もし、あの貝《かい》を倒《たお》すのを手伝《てつだ》ってくれたら、モトゥフェトゥに行《い》くのを手伝《てつだ》う、ともにやろう……？」

首長《しゅちょう》がうなずく。

ケレがすかさず口《くち》をはさんできた。

「おーい、こんなゼリーみたいにフニャフニャで、どうやってあれを倒《たお》せって？　お嬢《じょう》ちゃん、指一本動《ゆびいっぽんうご》かせないだろ」

「まあ、あたしたちの筋肉《きんにく》は神経毒《しんけいどく》でいっぱいだから……あっ」

ロトがそう言《い》って、パッと顔《かお》をかがやかせる。

「待《ま》って、そうだよ！　貝《かい》って基本的《きほんてき》にデカい筋肉《きんにく》だから、神経《しんけい》が集《あつ》まった神経節《しんけいせつ》に毒《どく》を撃《う》てば麻痺《まひ》して、『おやすみ、貝《かい》』ってことになる。で、『こんにちは、モトゥフェトゥ』ってわけ」

モアナはなんとか顔《かお》の筋肉《きんにく》を動《うご》かして、よくやったというふうにロトにほほ笑《え》みかけた。

（みんな、なんて頼《たよ》りになるの！）

それから、またカカモラの首長《しゅちょう》のほうを見《み》て言《い》う。

「ねえ、フニャフニャのまんまじゃ、ムリだよ」

10 巨大《きょだい》な貝《かい》との死闘《しとう》

モアナは、目《め》の前《まえ》にでーんと横《よこ》になっている巨大《きょだい》で不気味《ぶきみ》な怪物魚《かいぶつぎょ》をじっと見《み》つめた。

緑色《みどりいろ》の巨大《きょだい》スライムみたいなブヨブヨの魚《さかな》だ。

えっ、まさか……これでわたしたちのフニャフニャを直《なお》すつもり？

怪物魚《かいぶつぎょ》がモアナたちのからだの上《うえ》をヌルヌルとすべっていく。

モアナは、オェーッとなりそうなのをがまんしていた。

からだじゅうが怪物魚《かいぶつぎょ》の体液《たいえき》でつつまれる。

仲間《なかま》たちもみんな、ヌメヌメの体液《たいえき》でおおわれて、オェーッ。

それでもなんとか解毒《げどく》できたらしく、みんな自力《じりき》で動《うご》けるようになった。

「よーし、と！　で、貝《かい》につかう毒《どく》はどこで手《て》に入《い》れるの？」

モアナは顔《かお》のヌメヌメをぬぐいながらたずねた。

カカモラに鼻《はな》をくすぐられた怪物魚《かいぶつぎょ》がくしゃみをして、紫色《むらさきいろ》の鼻水《はなみず》がブシャーッととぶ。

すかさずひとりのカカモラが、慣《な》れた手《て》つきで容器《ようき》でその鼻水《はなみず》をキャッチして見《み》せた。

「いろいろと出《で》るねぇ」

ロトがすっかり感心《かんしん》して言《い》う。

すると船《ふね》がぐらりと動《うご》き、サンゴ礁《しょう》がきしんだ。

このままだとサンゴ礁《しょう》がバラバラにくだけて、船《ふね》が巨大《きょだい》な貝《かい》に吸《す》いこまれてしまう。

もう時間《じかん》がない。

モアナは自分《じぶん》たちの舟《ふね》を海《うみ》におろしてとび乗《の》ると、カカモラの船《ふね》とロープでつないで、ロープをひっぱって固定《こてい》した。

「みんな！　行《い》こう！」

仲間《なかま》たちにむかってさけぶと、みんなロープをつたって舟《ふね》におりてきた。

海賊船《かいぞくせん》の上《うえ》で、カカモラたちが太鼓《たいこ》をたたきはじめた。

首長《しゅちょう》の息子《むすこ》のコトゥがロープをつたってダーッとモアナの舟《ふね》におりてくる。

神経毒《しんけいどく》をつけた槍《やり》をモアナにさしだしたものの、手《て》をはなそうとしない。

まあ、コトゥに信用《しんよう》されていないのはわかってる。

なんたって前回《ぜんかい》、マウイとの旅《たび》のときに敵同士《てきどうし》として戦《たたか》ったことがあるんだから。

「ねえ、取《と》り引《ひ》きしたでしょ。貝《かい》をやっつけたら、モトゥフェトゥに連《つ》れてってくれるって。はなしてよ」

コトゥはまだ意地《いじ》をはりつづけるかと思《おも》ったけど、しぶしぶ槍《やり》をわたしてくれた。

任務《にんむ》をおえたコトゥはまた船《ふね》にもどり、首長《しゅちょう》のとなりにおさまる。

自分《じぶん》の船《ふね》とモアナたちの舟《ふね》をつないでいたロープをゆるめ、カカモラはモアナたちを送《おく》りだした。

タイミングをみて、つながったままのロープをひいてもどしてくれることになっている。

少《すく》なくとも、そういう計画《けいかく》だ。

背後《はいご》のどこからか、巨大《きょだい》な貝《かい》のうなり声《ごえ》がきこえる。

モアナが最後《さいご》にもう一度《いちど》カカモラの船《ふね》を見《み》ると、首長《しゅちょう》と目《め》が合《あ》った。

首長《しゅちょう》がココナッツのからだをたたいてトントンとリズムを刻《きざ》みはじめる。

「あれはきっと戦士《せんし》の敬礼《けいれい》だよ。敬意《けいい》を示《しめ》してるんだ」

モニが言《い》った。

船《ふね》の上《うえ》では、すべてのカカモラがココナッツのからだを鳴《な》らしている。

「または、さよなら、これでオサラバだ」

ケレが皮肉《ひにく》っぽく言《い》う。

巨大《きょだい》な貝《かい》がまたおそろしいうなり声《ごえ》をあげる。

モアナはネックレスに手《て》をのばし、シメアのことを考《かんが》えて深呼吸《しんこきゅう》をした。

(だいじょうぶ、わたしは強《つよ》い。約束《やくそく》を果《は》たせる)

サンゴ礁《しょう》をはなれるとすぐ、巨大《きょだい》な貝《かい》の口《くち》に吸《す》いよせられた。

貝《かい》の口《くち》は、がまんできないほど生臭《なまぐさ》くて、奇妙《きみょう》な細《ほそ》い触手《しょくしゅ》がまわりでクネクネしている。

ケレが眉《まゆ》をひそめた。

「神経節《しんけいせつ》とやらがどんなものかもわからんのに、どうやって撃《う》つんだ?」

ロトが肩《かた》をすくめて言《い》う。

「だいじょうぶ。神経節《しんけいせつ》がどんなもんか、見《み》ればすぐにわかるよ」

その言葉《ことば》が合図《あいず》のように、小《ちい》さな突起《とっき》が頭上《ずじょう》の貝《かい》の口《くち》のなかにあらわれた。

ホタルみたいな小《ちい》さな光《ひかり》がいくつも、まんなかの的《まと》みたいな突起《とっき》に集《あつ》まっていく。

一同《いちどう》、顔《かお》を見合《みあ》わせた。

これが神経節《しんけいせつ》？

モアナは毒《どく》のついた槍《やり》をもちあげて、神経節《しんけいせつ》を突《つ》くシミュレーションをした。

「じゃあ、ここをツンツンすれば……モトゥフェトゥへ行《い》けちゃう？」

なんか、楽勝《らくしょう》。

っていうか、楽勝《らくしょう》すぎじゃない？

そのとき、ガガガガとなにかがきしむ音《おと》がきこえた。

カカモラの船《ふね》をおさえているサンゴ礁《しょう》がとうとうくずれる寸前《すんぜん》！

舟《ふね》がひっぱられてバラバラになりそうだし、ものすごく揺《ゆ》れる。

舟《ふね》からふり落《お》とされないように必死《ひっし》になっていたら、モアナの手《て》から毒槍《どくやり》がポロッと落《お》っこちた。

毒槍《どくやり》が海《うみ》に落《お》ちていく。

「うわっ、ダメ、ダメダメダメッ！」

モアナは悲鳴《ひめい》をあげて、頭《あたま》をかかえた。

「だからいつも予備《よび》を用意《ようい》しておくってわけ！」

ロトは言《い》いながら、もう一本《いっぽん》の毒槍《どくやり》をとりだした。

モアナがホッとしたとき、ヘイヘイがロトの頭《あたま》の上《うえ》に落《お》ちてきた。

ポロッ！

二本《にほん》めの槍《やり》も海《うみ》のなかに消《き》えた。

それでもロトは平然《へいぜん》と、もう一本《いっぽん》とりだした。

「三本《さんぼん》めもね！」

ドーン！

今度《こんど》のは、舟《ふね》の揺《ゆ》れのせいでケレがロトにぶつかった音《おと》。

最後《さいご》の毒槍《どくやり》も海《うみ》に消《き》えてしまった。

サンゴ礁《しょう》がどんどんくだけていくなか、モアナはあたりを見《み》まわした。

あっ……マストにささっている毒槍《どくやり》を発見《はっけん》。

必死《ひっし》に手《て》をのばすけど、あと少《すこ》しで手《て》が届《とど》くというとき、舟《ふね》がかたむき、槍《やり》はマストから抜《ぬ》けて落《お》ちていった。

そのとき、コトゥがロープをつたってモアナたちの舟《ふね》にむかってダーッとおりてきた。

シュパッ！

コトゥがとびあがって毒槍《どくやり》を投《な》げると、貝《かい》の神経節《しんけいせつ》に命中《めいちゅう》。

コトゥはモアナの舟《ふね》のマストに着地《ちゃくち》した。

貝《かい》がゴボゴボいいながらピクピクけいれんしはじめる。

やった！

ところが、そのけいれんのせいで、モアナたちの舟《ふね》とカカモラの船《ふね》をつないでいたロープがゆるんでしまった。

口《くち》をとじていく貝《かい》のほうに、モアナたちの舟《ふね》がひっぱられてしまう。

「すぐに逃《に》げないと！」

モアナはさけんでコトゥの目《め》をじっと見《み》つめた。

(ぜんぶおわったら、かならず家族《かぞく》のところに帰《かえ》してあげるからね)

モアナは全力《ぜんりょく》でロープをひっぱって、なんとか貝《かい》の口《くち》から遠《とお》ざかろうとした。

でも、モアナたちの舟《ふね》は、どんどん貝《かい》のほうにひきよせられていく。

コトゥは自分《じぶん》の船《ふね》を見《み》つめ、つぎにモアナの舟《ふね》とつながっているロープを見《み》つめた。
（えっ、まさか、ウソでしょ……）
モアナには、コトゥがなにをしようとしているかわかった。
家族《かぞく》を救《すく》うためにわたしたちを犠牲《ぎせい》にするつもりだ。
「待《ま》って！　なにをするつもり……ちょっと！　ダメ！」
最後《さいご》に自分《じぶん》の船《ふね》をひと目見《めみ》て、コトゥはナイフでロープを切断《せつだん》した。
はげしい水流《すいりゅう》とともに、モアナたちの舟《ふね》は貝《かい》の口《くち》にひきこまれていった。
カカモラの船《ふね》は、なんとか水流《すいりゅう》からのがれる。
そして、巨大《きょだい》な貝《かい》の口《くち》がとじた。

大《おお》きな渦《うず》が光《ひか》っている。
モアナたちは、舟《ふね》もろともその渦《うず》のなかに落《お》ちていった。
モアナは手《て》がすべって、舟《ふね》から落《お》ちそうになる。
モニがモアナの手《て》をつかもうとする。

「あっ！　モニ！　モニ！」

モアナはさけぶけど、間《ま》に合《あ》わなかった。

モアナと仲間《なかま》たちは、巨大《きょだい》な貝《かい》の体内《たいない》を、それぞれべつの方向《ほうこう》へ落《お》ちていった。

舟《ふね》に乗《の》ったままのケレ&《アンド》ロト&《アンド》モニ、ヘイヘイ&《アンド》プア、コトゥは、貝《かい》の体内《たいない》の穴《あな》から吐《は》きだされ、舟《ふね》から吹《ふ》きとばされて地面《じめん》にたたきつけられた。

「モアナ！」

モニが呼《よ》ぶけれど、海底《かいてい》の広《ひろ》い空間《くうかん》に声《こえ》がむなしくこだまする。

すると、ウツボのようなムカデのような怪物《かいぶつ》があらわれて威嚇《いかく》してきた。

コトゥが吹《ふ》いた矢《や》がささり、怪物《かいぶつ》はしぼんで倒《たお》れた。

その怪物《かいぶつ》から吐《は》きだされた液体《えきたい》が、地面《じめん》を溶《と》かしていく。

「わあ、ヤバ。これって酸《さん》みたい」

ロトが言《い》う。

地面《じめん》がきしみ、ガラガラとくずれだした。

「「ヒェ――――ッ！」」

地面《じめん》が抜《ぬ》けて、みんなは悲鳴《ひめい》をあげながら落下《らっか》していった。

11 モアナはどこだ？

こんな暗《くら》くて生臭《なまぐさ》い貝《かい》の牢獄《ろうごく》にいつまでもとじこめられてたら、頭《あたま》がおかしくなるのも時間《じかん》の問題《もんだい》だな……マウイは思《おも》った。

半神《はんしん》にだって限界《げんかい》がある。

そしてどうやらその限界《げんかい》に達《たっ》したらしい。

なにしろいま、きこえるはずのない人間《にんげん》の悲鳴《ひめい》がきこえてきた気《き》がするから。

その悲鳴《ひめい》が、まあほんとうに悲鳴《ひめい》だったらの話《はなし》だけど、だんだん大《おお》きくなってくる。

まるで、悲鳴《ひめい》をあげている人間《にんげん》たちがこちらにむかってぐんぐん落《お》ちてきてるみたいに。

その直後《ちょくご》……。

ドスン！

上《うえ》からなにかが落下《らっか》してきて、マウイがつりさげられていたロープが切《き》れた。

落下《らっか》してきたなにかとマウイは、いっしょに地面《じめん》にたたきつけられる。

なにが落《お》ちてきたのかはわからないが、この際《さい》どうでもいい。

からだはまだ骨《ほね》の鎖《くさり》でしばられているものの、つるされている状態《じょうたい》からは解放《かいほう》された。

腕《うで》はまだわきにピタッと押《お》しつけられているから、手《て》をついて立《た》ちあがることはできない。

よーし、と深呼吸《しんこきゅう》をしてから背中《せなか》をそらせ、反動《はんどう》をつけて一気《いっき》に起《お》きあがった。

見《み》あげると、さっきまでロープがひっかけられていた釣り針《つりばり》がぶらさがっている。

「さーて、いい子《こ》ちゃんをとりにいくとするか」

地面《じめん》に落《お》ちているロープを釣り針《つりばり》にひっかければとれそうだ。

横移動《よこいどう》して、ロープを拾《ひろ》おうと腰《こし》を落《お》として手《て》をのばす。

指先《ゆびさき》がロープに触《ふ》れた……もう少《すこ》しで……。

「マウイ？？？？？」

いきなり人間《にんげん》の顔《かお》が目《め》の前《まえ》にあらわれて、マウイはギョッとした。

うわーっとさけんでロープから手《て》をはなし、うしろにガクンとなって倒《たお》れた。

そのままゴロゴロ転《ころ》がって、亀《かめ》がひっくりかえったみたいにあおむけでストップ。

胸《むね》の上《うえ》で、ミニ・マウイがやれやれと首《くび》をふる。

三人《さんにん》の人間《にんげん》がこちらを見《み》おろしていた。

ロト、ケレ、モニだ。

「タトゥーが動《うご》いてる！　タトゥーが動《うご》いてる！」

モニが大《おお》はしゃぎでさけぶ。

ロトが目《め》を細《ほそ》くしながらマウイの胸《むね》のミニ・マウイをおそるおそるツンツンしている。

「おい、ううう……よせよせよせ。よくきくんだ。オレは半分神《はんぶんがみ》で……おい、やめろ！」

ロトをミニ・マウイがピシャリとたたく。

「いいなー、ぼくもたたかれたいよ！」

モニがうらやましがる。

マウイはゴロンと転《ころ》がって、反動《はんどう》で立《た》ちあがった。

「おい！　よし、いいか、ルールその一《いち》……」

モニにぐいぐいせまられて、マウイはからだをそらした拍子《ひょうし》にまたうしろに倒《たお》れて転《ころ》がっていく。

「おい、だれかたのむ。起《お》こしてくれないか？」

「ぼくがやるよ！」

モニが、やたらはりきって言《い》う。

マウイは眉《まゆ》をひそめた。

なんだかやけにやる気満々《きまんまん》であやしいし、こっちをうっとり見《み》つめている。

いくらオレが英雄《えいゆう》だからって、あのあこがれのまなざしはキモい。

「よせよせよせ、おまえはいい」

ロトが転《ころ》がして起《お》こしてくれた。

ケレがモニのほうに身《み》をのりだして言《い》う。

「やっとおまえのあこがれのヒーローに会《あ》えたらこの始末《しまつ》か」

「ああ、感動《かんどう》、だろ？」

皮肉《ひにく》も伝《つた》わらないほど舞《ま》いあがっているらしく、モニはケレの肩《かた》をつかんで興奮《こうふん》して言《い》った。

マウイは深呼吸《しんこきゅう》をして、また最初《さいしょ》から話《はな》しはじめた。

「いいか、ルールその一《いち》、おまえらはオレのこんな姿《すがた》を見《み》てない。まっ、これでもそうとうイカしてるけどな」

「そのからだをしばっているトゲトゲ、腎臓結石《じんぞうけっせき》にしか見《み》えんがね」

ケレがつぶやく。

「じーさんは結石《けっせき》にくわしそうだな」

マウイが言《い》いかえして、さらにつづけた。

「おまえたち三人《さんにん》がどうやってここに来《き》たのかは知《し》らないし、知《し》りたくも……」

そのとき、プアが落《お》っこちてきて、マウイの頭《あたま》の上《うえ》でポワンとはずんでから着地《ちゃくち》した。

(プア？　モアナのブタか？)

マウイは想定外《そうていがい》の出会《であ》いに目《め》を見《み》はった。

「やあ、久《ひさ》しぶりだな、ベーコン」

そう言《い》ってから、モニたちにむきなおる。

どうしてこいつらがモアナのブタを連《つ》れてるんだ？

「ようこそ、ベーコン。なるほど、どうやら事情《じじょう》がありそうだな。それをきいておこうか」

ロトが事情《じじょう》を話《はな》そうと口《くち》をひらくと、マウイは思《おも》い直《なお》してさえぎった。

「いや、言《い》わないでいい。いまの取《と》り消《け》し。仲《なか》よくなってからおまえらが殺《ころ》されるのはイヤだぜ。いや、だいじょうぶだって。おまえらは死《し》なない。ヘンなこと言《い》ったな。要《よう》するにだ、これは神《かみ》の領域《りょういき》のことなんだよ」

やっとロープを拾《ひろ》ったマウイは、釣《つ》り針《ばり》にむかって投《な》げてひっかけた。

ぐいっとひきおろして、釣《つ》り針《ばり》をキャッチしてキスをする。

「オレが自分《じぶん》で決着《けっちゃく》をつける」

そう言《い》って、マウイは変身《へんしん》した……昆虫《こんちゅう》に。

からだをしばっていた魚《さかな》の骨《ほね》の鎖《くさり》がバラバラはずれ、ついに自由《じゆう》になった。

つぎつぎといろんな動物《どうぶつ》に変身《へんしん》してから、最後《さいご》にまた人間《にんげん》の姿《すがた》にもどる。

みんなあっけにとられた顔《かお》をしているし、モニなんか感激《かんげき》で卒倒《そっとう》しそうだ。

マウイはニヤッとした。

(さすがオレだ。まだイケてるぞ)

「よし、と。すぐにもどる。それまでは生《い》きてろよ。だれとも話《はな》すな。イカれたコウモリ女《おんな》に会《あ》ったら、逃《に》げろ。あいつはサイアクだ。とにかく近《ちか》づくな。さもなきゃ死《し》ぬ。じゃ、いい子《こ》でな！　マウイ、出発《しゅっぱつ》！」

マウイが立《た》ち去《さ》ろうとしたとき、近《ちか》くにいたトビハゼがやたらととびはねはじめた。

クワッ。

トビハゼの口《くち》からとびだしてきたのは……ヘイヘイ！

（ん？　待《ま》てよ……プアとヘイヘイがいるってことは……）

マウイが見《み》おろすと、ミニ・マウイがタトゥーのモアナを指《ゆび》さした。

「モアナはどこなんだ？」

12 マタンギの忠告《ちゅうこく》

モアナはあたたかい砂《すな》の上《うえ》に立《た》って、おだやかな海《うみ》を見《み》つめていた。

モトゥヌイに帰《かえ》ってきたの？

でも、そんなことがありえる？

巨大《きょだい》な貝《かい》にのみこまれて体内《たいない》を落《お》っこちてるとき、仲間《なかま》とはぐれちゃった。

そのときにわたしだけワープしちゃったとか？

「モアナ！」

きき覚《おぼ》えのある声《こえ》にふりかえって、モアナは満面《まんめん》の笑《え》みを浮《う》かべた。

「シメア？　シメア！　なんでここにいるの？」

モアナは妹《いもうと》をぎゅうっと抱《だ》きしめた。

シメアもぎゅっとしてくる。

「いないよ。おねえちゃんは巨大《きょだい》な貝《かい》にのまれて、物語《ものがたり》はおわった。海《うみ》の民《たみ》を助《たす》けること

は、もうできない。ご先祖様《せんぞさま》たちは言《い》ってる。『モアナ、とわに恨《うら》むぞ。とわに、とわに、とわに……』」

バタバタと羽《は》ばたくような妙《みょう》な音《おと》が耳《みみ》をつんざく。

モアナがギョッとしてからだをひくと……シメアからコウモリの耳《みみ》が生《は》えている！

ハッとして目《め》をさますと、モアナはコウモリをかかえていた。

おどろいてコウモリから手《て》をはなすと、とっさに片手《かたて》で貝《かい》のネックレスをつかみ、もう片方《かたほう》の手《て》でオールをぎゅっと握《にぎ》りしめた。

とびかかってきたさっきのコウモリにむかってオールをふりかざして、なんとか追《お》い払《はら》う。

ホッとしたのもつかの間《ま》、ふいに数百匹《すうひゃっぴき》ものコウモリの群《む》れが飛《と》んできた。

オールで払《はら》いのけながら暗闇《くらやみ》のなかを進《すす》もうとするけど、数《かず》が多《おお》すぎる。

「だいじょうぶ。そう……平気《へいき》よ。だいじょうぶ」

自分《じぶん》に言《い》いきかせるけど、コウモリにかこまれてしまった。

すると、おどろいたことに、答《こた》える声《こえ》がした。

「落《お》ち着《つ》いて」

オールをかまえてふりむくと、紫色《むらさきいろ》の目《め》をしたうつくしい女性《じょせい》が背後《はいご》からあらわれた。半神《はんしん》、マタンギだ。

さかさまにぶらさがっている。

「だいじょうぶ、かんだりしないから」

マタンギはそう言《い》ってから、モアナが最初《さいしょ》にオールで追《お》い払《はら》ったコウモリを指《ゆび》さした。

「ペカはべつだけど」

マタンギは肩《かた》をすくめ、スルスルッとおりてきて、優雅《ゆうが》に着地《ちゃくち》した。

ゆっくりとモアナのまわりを歩《ある》きながら、品定《しなさだ》めするようにじろじろ見《み》ている。

モアナは、だれだか知《し》らないけどこわくないから、というふうにツンとあごをあげた。

「久《ひさ》しぶりに〈道《みち》を見《み》つける者《もの》〉を見《み》たわね」

マタンギがそう言《い》ってから、モアナのオールを見《み》てつづける。

「ステキなオール……」

モアナはオールを武器《ぶき》のようにもちあげた。

「つかうところ、見《み》たい？」

「おやおや、気《き》が強《つよ》いこと！　あたしたち、似《に》てるね……モアナ」

モアナのびっくりした顔《かお》を見《み》て、マタンギはうなずいた。

「あなたは神々《かみがみ》のあいだでうわさの人間《にんげん》よ」

マタンギはモアナの視界《しかい》にスルリと入《はい》っては消《き》え、影《かげ》のなかにすべりこむ。

こんなゲームにつきあうつもりはない、とモアナは思《おも》った。

（はやくはぐれた仲間《なかま》をさがさなくちゃ）

モアナはオールをパッと出《だ》して、マタンギを押《お》さえつけた。

「あなた、だれ？」

「マタンギ。この小《ちい》さな楽園《らくえん》の守護者《しゅごしゃ》なの」

マタンギは、モアナをものめずらしそうに見《み》つめた。

楽園《らくえん》？　モアナはあたりを見《み》まわした。

ピュッ！

貝《かい》の穴《あな》からあやしげな液体《えきたい》がとんでくる。

モアナはうめきながらオールで防《ふせ》いだ。

あんまり楽《たの》しそうな場所《ばしょ》に見《み》えないけど。

「ここに……住《す》んでるの？」

「仕方《しかた》なくね」

マタンギは答《こた》えて、顔《かお》をしかめた。

「マウイからなんにもきいてないの？」

モアナは心臓《しんぞう》がばくばくしてきた。

「ちょっと待《ま》って。マウイに会《あ》ったの？　マウイは……えっ、まさかここにいるとか？」

声《こえ》に期待《きたい》をかくせない。

マタンギはモアナの質問《しつもん》には答《こた》えずにつづけた。

「さあ、いらっしゃい」

マタンギはフッと消《き》えたかと思《おも》うと、今度《こんど》は小《ちい》さな舟《ふね》に乗《の》ってあらわれた。

霧《きり》のなかに浮《う》かんでいるように見《み》えるその舟《ふね》の帆《ほ》をハンモックにして横《よこ》たわっている。

おいでと手《て》まねきされて、モアナは首《くび》を横《よこ》にふった。

「あなたとなんか、どこにも行《い》かない。わたしは……」

マタンギがその先《さき》を言《い》う。

「ここを出《で》て、ナロの呪《のろ》いを解《と》き、モトゥフェトゥへ……でしょ」

マタンギの顔《かお》に広《ひろ》がった笑《え》みは、どういう意味《いみ》なのか読《よ》めない。

「手伝《てつだ》うわよ」

モアナは目《め》を見《み》ひらいた。

「モトゥフェトゥへの道《みち》を知《し》ってるの？」

マタンギが、つまらない質問《しつもん》をするもんね、みたいにため息《いき》をつく。

「道《みち》を知《し》らなきゃどこにも行《い》けないと思《おも》う？」

「だって、海《うみ》をわたるってそういうものでしょ」

「学《まな》ぶことがたくさんあるわね」

マタンギを乗《の》せた舟《ふね》はコウモリの群《む》れに乗《の》っかり、頭上《ずじょう》を通《とお》りすぎてから、ひきかえしてくる。

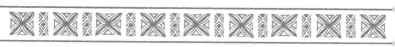

舟《ふね》はそのままモアナにむかって突進《とっしん》してきた。

そしてぶつかるギリギリのところで、マタンギは手《て》をのばしてモアナをつかみ、舟《ふね》に乗《の》せ、話《はなし》をつづけた。

「偉大《いだい》な舟乗《ふなの》りが道《みち》を知《し》ってると思《おも》ったら大《おお》まちがい。大切《たいせつ》なのは、道《みち》なき道《みち》を行《い》ってあたらしい道《みち》を見《み》つけること。ナロの呪《のろ》いを解《と》きたきゃ、危険《きけん》を恐《おそ》れちゃダメなの。迷《まよ》ってみることね」

「なぜあなたの言《い》うことをきかなきゃならないの?」

モアナはうしろをチラッと見《み》た。

(帰《かえ》り道《みち》を覚《おぼ》えておかなくちゃ……こんなことが、なんだか知《し》らないけど、このわからないことがおわったら、自力《じりき》で帰《かえ》れるように)

「だってね……あたしも囚《とら》われの身《み》なの。あなたがナロを倒《たお》せば、あたしも自由《じゆう》になれる」

モアナはわけがわからない。

マタンギはかまわずつづけた。

「だから、あたしにはあなたがどうしても必要《ひつよう》なの」

舟《ふね》は暗《くら》い空間《くうかん》をぐんぐん進《すす》んでいく。

マタンギがさらにモアナに言《い》う。

千年《せんねん》も貝《かい》のなかにとじこめられてもうウンザリだから、あなたにナロを倒《たお》してもらうために、どうやったらここから出《で》られるか教《おし》えてあげる、と。

「どこかへ行《い》く方法《ほうほう》はひとつじゃないのよ。考《かんが》え方《かた》をちょっとだけ……変《か》えるの」

どういうこと？　モアナは眉《まゆ》をよせた。

（コウモリやら紫《むらさき》の目《め》やら、気味《きみ》が悪《わる》いけど、言《い》っていることは意味《いみ》がある気《き》がする）

舟《ふね》はぐんぐん進《すす》んでいく。

前方《ぜんぽう》にわかれ道《みち》が見《み》えた。

一方《いっぽう》はおだやかな水路《すいろ》に、もう一方《いっぽう》は暗《くら》い深淵《しんえん》へとつづいているように見《み》える。

そしてマタンギは、暗《くら》いほうへと舟《ふね》を導《みちび》いていく。

モアナは自分《じぶん》のオールで、小舟《こぶね》をおだやかな水路《すいろ》へむけた。

ところが、ふいに気《き》づいた。

水《みず》がどんどん白《しろ》く泡立《あわだ》って荒《あ》れてくる。

おだやかだと思《おも》っていたら、とんでもない。
モアナは悲鳴《ひめい》をあげながら、滝《たき》につっこんでいった。
落《お》ちる……と思《おも》ったとき、マタンギが手《て》をのばしてきて、助《たす》けてくれる。
マタンギはモアナをさらにぐるぐるまわして方向感覚《ほうこうかんかく》を失《うしな》わせた。
回転《かいてん》がとまったとき、気《き》づいたらまたおなじわかれ道《みち》にもどっていた。
目《め》の前《まえ》に、またおなじ選択肢《せんたくし》が提示《ていじ》されている。
このまま進《すす》んでまた滝《たき》をこえるか、勇気《ゆうき》を出《だ》してもっとこわそうな道《みち》を進《すす》むか。
あの道《みち》の先《さき》になにがあるんだろう？
それを知《し》るには、方法《ほうほう》はひとつ。
モアナは覚悟《かくご》を決《き》めて、暗闇《くらやみ》にとびこんだ。

13 再会《さいかい》

迷子確定《まいごかくてい》。

ぐるぐる渦《うず》を巻《ま》く紫色《むらさきいろ》の雲《くも》にかこまれて、モアナはすっかり方向感覚《ほうこうかんかく》を失《うしな》っていた。

なにも見《み》えないけど、巨大《きょだい》な紫色《むらさきいろ》の球体《きゅうたい》のなかにとじこめられていて、出口《でぐち》がないのはわかる。

パニックにおそわれて、モアナは深呼吸《しんこきゅう》をして気持《きも》ちを落《お》ち着《つ》けた。

これって、マタンギにまんまとだまされたってこと？

それとも、助《たす》けられたの？

オールで雲《くも》をぐるぐるかき混《ま》ぜたり、球体《きゅうたい》をさしてみたり。

どんどん速《はや》くまわしていくと、少《すこ》し霧《きり》が晴《は》れて足《あし》もとが見《み》えてきた。

ええっ……地面《じめん》に巨大《きょだい》な彫刻《ちょうこく》の顔《かお》が描《えが》いてある。

三年前《さんねんまえ》、マウイの釣《つ》り針《ばり》をとりもどすために、いっしょに海底《かいてい》にある魔物《まもの》の国《くに》ラロタイ

に行《い》ったときに見《み》た彫刻《ちょうこく》だ。

あのときは彫刻《ちょうこく》が出口《でぐち》になってたけど……。

その直後《ちょくご》、マタンギが球体《きゅうたい》のむこうにあらわれて言《い》った。

「モトゥフェトゥにはつながってないけど、でもかなりの近道《ちかみち》ではある。ミスター・ココナッツオイルも……」

「え、だれ、ミスター……？」

そのとき。

ザブーン！

球体《きゅうたい》の外《そと》にマウイが落《お》ちてきた。

「ああ、まったく。いつもド派手《はで》に登場《とうじょう》する」

マタンギはもんくを言《い》った。

マウイは着地《ちゃくち》して、釣《つ》り針《ばり》をキャッチ。

そして釣《つ》り針《ばり》をマタンギにむけ、球体《きゅうたい》のなかにいるモアナにむかってさけんだ。

「恐《おそ》れるな！　すぐに救《すく》いだしてやるぞ！」

そのときモアナは、前《まえ》にラロタイで、マウイが彫刻《ちょうこく》の口《くち》をあけるために唱《とな》えた言葉《ことば》を思《おも》い出《だ》した。

モアナはその言葉《ことば》を唱《とな》えながら、足《あし》を踏《ふ》みならして踊《おど》った。

「ファーキナ、ファーキナ！　ウエーハー、ウエーハー！　ヒー！」

ドーン！

球体《きゅうたい》が爆発《ばくはつ》して、火花《ひばな》が空中《くうちゅう》に散《ち》る。

そして、彫刻《ちょうこく》の顔《かお》の口《くち》がひらいた！

（ここが神《かみ》の領域《りょういき》の出口《でぐち》だったんだ！）

モアナはあたりをきょろきょろして目《め》を見《み》ひらいた。

「おい。あけたのか？」

出口《でぐち》をひらく気満々《きまんまん》だったマウイがポカンとしてモアナに言《い》う。

舟《ふね》に乗《の》った仲間《なかま》たちもいつの間《ま》にか落《お》ちてきていた。みんな大《おお》よろこびだ。

だけど、再会《さいかい》をよろこんでいる時間《じかん》はない。

たちこめている霧《きり》と煙《けむり》が出口《でぐち》から流《なが》れだす。

まわりじゅうが明《あか》るく光《ひか》る。

出口《でぐち》の外《そと》から風《かぜ》が吹《ふ》きこんできて、舟《ふね》がはげしく揺《ゆ》れる。

出口《でぐち》に舟《ふね》が吸《す》いこまれていく。

「「イェーイ！」」

ケレ、ロト、モニがよろこびの声《こえ》をあげる。

マウイも吸《す》いこまれながら、ハッと気《き》づいて、マタンギに言《い》った。

「もしやおまえ、モアナとここで合流《ごうりゅう》していっしょに行《い》かせるためにオレをとじこめてたのか？」

「おしゃべりしたくてとじこめたわけがないでしょ」

マタンギが答《こた》える。

みんな、出口《でぐち》に吸《す》いこまれていく。

モアナはマタンギに言《い》った。

「じゃあ、行《い》こうか」

するとマタンギが目《め》をそらす。

モアナはマタンギを見《み》つめてたずねた。

「え……あなたは行《い》けないの？」

「ナロの呪《のろ》いを解《と》いて。そうすればまたいつか会《あ》えるでしょう。忘《わす》れないで。かならずべつの道《みち》がある。たとえ道《みち》に迷《まよ》ったとしてもね。がんばって、タウタイ・モアナ。お行《ゆ》きなさい」

マタンギが言《い》った。

そして、モアナは出口《でぐち》にとびこんだ。

出口《でぐち》がとじる。

「んんん、ナロにバレたら雷《かみなり》に打《う》たれておわりね」

ひとり残《のこ》ったマタンギは、コウモリのペカにむかって言《い》った。

スローモーションで落《お》ちていくような感覚《かんかく》。

時間《じかん》がとまったような感《かん》じがする。

どんどん進《すす》んでいき、モアナたちは万華鏡《まんげきょう》のようなトンネルに放《ほう》りだされた。

時間《じかん》がふつうのスピードにもどったけど、まだ宙《ちゅう》に浮《う》いているような違和感《いわかん》がある。

「〈神々《かみがみ》の通《とお》り道《みち》〉に来《き》たんだー！　チーフー！」

モニがはしゃぐ。

ついに神々《かみがみ》の国《くに》の出口《でぐち》から出《で》るという体験《たいけん》をした！

ロトとケレはいっしょに舟《ふね》の甲板《かんぱん》でおかしな踊《おど》りを踊《おど》っている。

ロトはプアをつかんで鼻《はな》にブチュッとキスをした。

コトゥもヘイヘイといっしょに祝《いわ》いの舞《まい》をしている。

「みんな！　ああ、また会《あ》えたね！　それにマウイも！　ん？　待《ま》って、マウイはどこ？　わあ！」

モアナはなぜか地面《じめん》からふわりと浮《う》いてしまい、ジタバタした。

目《め》の前《まえ》にマウイがいるのに気《き》づいて抱《だ》きつこうとするけど、届《とど》かない。

あー、もうっ、釣《つ》り針《ばり》にひっかけられて、もちあげられてるんだ！

マウイがいつものニヤニヤ笑《わら》いをしている。

「マウイ！　ああ、ほんものだ、夢《ゆめ》みたい！」

モアナはマウイにおろしてもらうと、すぐに抱《だ》きついた。

さっきはショックでうれしいどころじゃなかったけど、再会《さいかい》の実感《じっかん》がこみあげてきた。

「会《あ》いたかったよ、相棒《あいぼう》！」

モアナはそう言《い》って、マウイの胸《むね》のミニ・マウイにハイタッチした。

「ぼくの人生《じんせい》で最高《さいこう》の日《ひ》だ！」

マウイオタクのモニが大《おお》はしゃぎでさけぶ。

かかげている布《ぬの》には、新作《しんさく》のマウイの絵《え》が描《か》かれていた。

マウイがドン引《び》きして眉《まゆ》をクイッとあげる。

「いいヤツだな。キモくなんかないぞ」

笑《わら》いながら言《い》ってから、モアナに目《め》をむけて声《こえ》をひそめた。

「なあ、ちょっと話《はな》せるか？」

「ああ、ここで会《あ》えるなんて思《おも》ってなかった。カカモラには会《あ》った？　殺《ころ》されるかと思《おも》ったけどちがった。ほんとすごい戦士《せんし》なの。おかげでマタンギに会《あ》えたんだよ。マタンギもすごい。ああ、マウイにも会《あ》えた。このあとはいっしょにナロの呪《のろ》いを解《と》いて……」

一気《いっき》にまくしたてるモアナを、マウイはじっと見《み》つめていた。

(再会《さいかい》はうれしいけど、まずは話《はな》さなきゃいけないことがある)

ノンストップでしゃべるモアナのくちびるを、マウイがそっとつまんでとじさせた。

「あ、ごめん。どうぞ、話《はな》して」

モアナはマウイの指《ゆび》のあいだから言《い》った。

「全員死《ぜんいんし》ぬぜ」

モアナは、いきなりなに言《い》ってるのと笑《わら》ったけど、マウイの顔《かお》を見《み》てハッとした。

マウイ、本気《ほんき》で言《い》ってるの？

「どういうこと？」

「ナロはモトゥフェトゥをただ嵐《あらし》のなかにかくしただけじゃない。おそろしい巨大《きょだい》な嵐《あらし》で
モトゥフェトゥをつつみ、決《けっ》して逃《に》げられない呪《のろ》われた海《うみ》の底《そこ》に沈《しず》めた」

モアナが口《くち》をはさもうとしたけど、マウイは話《はな》しつづけた。

「人間《にんげん》にはたどりつけない場所《ばしょ》だ。オレが呪《のろ》いを解《と》かないかぎり、これは死《し》への片道切符《かたみちきっぷ》
になる。だからおまえには出《で》てきてほしくなかった。いまじゃ、なす術《すべ》もなくこの世《よ》とお

わかれ。仲間《なかま》たちも全員死《ぜんいんし》ぬ。そして、今回《こんかい》はニワトリも死《し》ぬ。でも、まあ、会《あ》えてうれしいぜ」

ヘイヘイが、コケーッと絶叫《ぜっきょう》して、ケレにココナッツをかぶせられる。

モアナも仲間《なかま》たちも、クラクラする頭《あたま》を必死《ひっし》で整理《せいり》していた。

そのとき、舟《ふね》が揺《ゆ》れてうしろから音《おと》がひびいてきた。

舟《ふね》もろとも全員《ぜんいん》、神々《かみがみ》の通《とお》り道《みち》であるトンネルから、夜《よる》の海《うみ》に放《ほう》りだされた。

14

たくされた運命《うんめい》

ザパーン！

モアナたちの舟《ふね》は海上《かいじょう》にとびだした。

まわりには、見《み》たことのない海《うみ》が広《ひろ》がっている。

頭上《ずじょう》で、星《ほし》がきらめいている。

「ねえマウイ、おもしろい冗談《じょうだん》だけど、この場所《ばしょ》ってどこから見《み》ても……ステキ」

モアナはあたりを見《み》まわしながら、不安《ふあん》をかくそうとして笑《わら》った。

それから空《そら》を見《み》あげて目指《めざ》すべきものをさがし、息《いき》をのんだ。

「あっ、ねえ見《み》て。あの星座《せいざ》！　すぐそこにある」

あれを目指《めざ》して走《はし》ればモトゥフェトゥに着《つ》けるはず。

「みんな、わたしたちならできるよ。だからこそご先祖様《せんぞさま》に呼《よ》ばれたんだし……」

どうか自信《じしん》たっぷりにきこえますように。

「ご先祖詐欺《せんぞさぎ》ってやつかもな。二千年《にせんねん》たちゃ、意味《いみ》がわかるぜ」

マウイが首《くび》をふりながら言《い》う。

「モトゥフェトゥに行《い》くことが未来《みらい》をひらくただひとつの道《みち》だって、タウタイ・ヴァサが言《い》ってた」

モアナが言《い》うと、マウイはすぐに言《い》いかえした。

「だったらなんでそいつ、だまってたんだ？　島《しま》がヒューッて沈《しず》んだってこと」

「なんでって……空《そら》の炎《ほのお》をわたしに追《お》わせるためだよ。おかげですぐあなたと会《あ》えた」

モアナが答《こた》えるけど、マウイはどうだかって顔《かお》をしている。

モアナはさらに言《い》った。

「人々《ひとびと》をバラバラにすれば強《つよ》くなれるとナロが思《おも》ってるなら、反対《はんたい》にいっしょになればその呪《のろ》いを解《と》けるってことでしょ。あなたが島《しま》をひきあげて、わたしがそこに立《た》つ。マウイとモアナ、ふたたびひとつに。おー、スバラシイ！」

モアナがおどけて言《い》うので、マウイはあきれながらもつい笑《わら》ってしまう。

「ぜったいうまくいく！　ね、海《うみ》？　あれ、海《うみ》……？」

いつもはげましてくれる海《うみ》の反応《はんのう》がない。

マウイが首《くび》を横《よこ》にふる。

「モアナ、ここでは……海《うみ》はおまえの力《ちから》になれない」

モアナは不安《ふあん》になって、もう一度空《いちどそら》を見《み》あげた。

最後《さいご》までやりとげる方法《ほうほう》がきっとあるはず。

ああ、お願《ねが》い、サインをちょうだい。

すると、水平線《すいへいせん》のむこうに青《あお》い光《ひかり》があらわれた。

まっすぐこちらにむかってくる。

あっ、あれは……モアナは目《め》をかがやかせた。

エイだ！　ってことは……。

「おばあちゃん！」

モアナは大《おお》よろこびで声《こえ》をあげた。

マウイはモアナの視線《しせん》を追《お》って、目《め》を見《み》ひらいて首《くび》を横《よこ》にふった。

「じゃなくて、あれは歓迎《かんげい》のプレゼントだろうな……ナロからの」

近《ちか》づいてきた光《ひか》る魚《さかな》はエイではなく、巨大《きょだい》なウナギのような怪物《かいぶつ》！

怪物《かいぶつ》は水面《すいめん》から飛《と》びだし、口《くち》をガバッとあけて、鋭《するど》い歯《は》をむいた。

すかさずコトゥが毒矢《どくや》を吹《ふ》く。

矢《や》は命中《めいちゅう》したけど、怪物《かいぶつ》はささった矢《や》を抜《ぬ》きとって吹《ふ》き返《かえ》してきた。

マウイが怪物《かいぶつ》に殴《なぐ》りかかって、いったん海《うみ》に沈《しず》める。

「どうだ、まいったか」

マウイは得意《とくい》げに言《い》ってから、みんなにうなずいた。

「人間《にんげん》たち、位置《いち》につけ。力《ちから》を合《あ》わせて、さあ、やりとげるんだ！」

みんな、とりあえず反応《はんのう》したものの、なにをすべきかわからなくてひたすらバタバタするのみ。

走《はし》りだしてはぶつかりあって、あわあわしている。

マウイがおいおいという顔《かお》で片方《かたほう》の眉《まゆ》をクイッとあげて、モアナにむかって言《い》った。

「人材《じんざい》の採用基準《さいようきじゅん》を考《かんが》え直《なお》そう」

怪物《かいぶつ》がまた海《うみ》から出《で》てきて、舟《ふね》に頭突《ずつ》きしてくる。

マウイはやれやれと首《くび》をふりながら言《い》った。

「おじいちゃん、下《した》に行《い》ってろ!」

マウイはケレをつかんで足《あし》で船倉《せんそう》をあけた。

なかに入《はい》りこんでいたトビハゼたちが重《かさ》なって、いっせいに見《み》あげている。

マウイはぞっとして悲鳴《ひめい》をあげたものの、ケレをそのなかに落《お》っことした。

「おい! 年寄《としよ》りをうやまえ!」

ケレが抗議《こうぎ》する。

「オレは三千歳《さんぜんさい》だ! オレのほうが年上《としうえ》」

マウイは言《い》いかえして、船倉《せんそう》をバタンとしめた。

怪物《かいぶつ》がぐんぐん舟《ふね》にせまってくる。

「とにかく日《ひ》がのぼるまで逃《に》げきるんだ!」

マウイがさけぶ。

すると、ロトが顔《かお》をあげてたずねた。

「ああ、敵《てき》は夜行性《やこうせい》なの?」

「ああ、そうさ」

マウイはてきとうに返事《へんじ》をすると、いつものかけ声《ごえ》をかけながらとびあがった。

「チーフー！」

サメに変身《へんしん》したマウイは、海《うみ》にもぐって怪物《かいぶつ》と戦《たたか》いはじめた。

つぎに海《うみ》から出《で》て、タカに変身《へんしん》して戦《たたか》う。

すると、コトゥがモアナに「うしろ！」とジェスチャーで伝《つた》えた。

ふりむくと、べつの怪物《かいぶつ》がせまってきていた。

モアナは方向転換《ほうこうてんかん》しようとオールをひいてさけんだ。

「みんな、つかまって！」

「モアナ、この舟《ふね》じゃそんな急《きゅう》に曲《ま》がれない！」

ロトがさけぶ。

モアナはあきらめずにオールをこぎつづけた。

「きっとできる！」

怪物《かいぶつ》が頭突《ずつ》きしてきて、舟《ふね》が大《おお》きく揺《ゆ》れる。

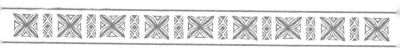

なんとかしのいでも、今度《こんど》は舟《ふね》の下《した》から体《たい》あたりしてきた。舟《ふね》がかたむき、モアナを手伝《てつだ》おうとかけよってきたモニが、バランスをくずして海《うみ》に落《お》ちてしまった。

怪物《かいぶつ》が海《うみ》から顔《かお》を出《だ》す。

「モニ！」

モアナは悲鳴《ひめい》をあげた。

怪物《かいぶつ》がせまってくる。

必死《ひっし》で舟《ふね》にもどろうと泳《およ》ぐモニが、怪物《かいぶつ》の口《くち》のなかに！

すかさず、マウイがとびこんだ。

すると、舟《ふね》をおそっていた怪物《かいぶつ》がなにかにおびえたように海中《かいちゅう》へ逃《に》げていった。

モニとマウイを口《くち》に入《い》れたまま。

ふりかえると、朝日《あさひ》がのぼっている。

「モニーッ！」

モアナの絶叫《ぜっきょう》がひびく。

すると、マウイが舟《ふね》にあがってきた。
モニもいっしょだ。
マウイはモニを舟《ふね》にひっぱりあげた。
モアナはモニにかけよった。
ああ、よかった……モニは無事《ぶじ》だった。
でも……。

モアナはもう、身《み》も心《こころ》もボロボロだった。
怪物《かいぶつ》からなんとかのがれ、小《ちい》さな島《しま》まで流《なが》れついたものの、体力《たいりょく》はもう限界《げんかい》だ。
島《しま》は、木《き》がポツポツ生《は》えているだけで、あとはなんにもない。
さすがのマウイも疲《つか》れきっているようだ。
仲間《なかま》たちもボロボロだし、舟《ふね》もこわれてしまった。
「なんとかなる……」
モアナは言葉《ことば》をさがしていた。

「そう……ぜったいにできる。ご先祖様《せんぞさま》は……」

「モアナ」

うしろからロトに名前《なまえ》を呼《よ》ばれて、モアナはふりかえった。

ロトのほうに近《ちか》づいていくと、ボロボロの舟《ふね》の残骸《ざんがい》があった。

側面《そくめん》に見覚《みおぼ》えのあるシンボルが刻《きざ》まれている。

「タウタイ・ヴァサの舟《ふね》……」

モアナはつぶやいた。

マウイがのぞきこんでくる。

「まあ、だから言《い》っただろうって言《い》いたいとこだけどさ、やっぱやめとくわ。よけい落《お》ち込《こ》むだろうしな」

「うん、やめて」

もちろんそんな言葉《ことば》はききたくない。

モアナは、タウタイ・ヴァサがモトゥフェトゥにはたどりつけなかったにしても生《い》きのびたんじゃないかと希望《きぼう》をもちつづけていた。

ところがいま、真実《しんじつ》を知《し》ってしまった。

「でも、信《しん》じてるぜ。オレだけはな。いいな。もう忘《わす》れろって」

マウイがなぐさめようとするのも無視《むし》して、モアナは水《みず》ぎわにむかって歩《ある》いていった。

ミニ・マウイがマウイの乳首《ちくび》をひっぱる。

「なんだよ。やさしくしてやったんだ。イテッ、やめろ」

ミニ・マウイはさらに力《ちから》をこめてひっぱってくる。

「イテッ！　わかったよ。モアナと話《はな》せばいいんだろ！」

モアナはひとり、静《しず》かな水面《すいめん》を指《ゆび》でなぞっていた。

涙《なみだ》があふれてきて、うつむく。

うしろから近《ちか》づいてきたマウイの影《かげ》が見《み》えた。

モアナはふりむかずに言《い》った。

「わかってる、マウイ。ただ、その……自分《じぶん》がやるべきことがやっとわかった、そう思《おも》うたびにいつも、状況《じょうきょう》がすべて変《か》わってしまう。もうムリだよ……モニだって死《し》にかけた！　わたしが巻《ま》きこんだりしなければ……。わたしのせいで、海《うみ》の民《たみ》の物語《ものがたり》がおわってしまったら……」

モアナは言葉《ことば》が喉《のど》にひっかかって、口《くち》をつぐんだ。

ふるえながら深《ふか》く息《いき》を吐《は》き、ゆっくりとマウイを見《み》あげた。

マウイはサメに変身《へんしん》していた。

ちょっとー。

「まじめな話《はなし》なの！」

「オレもまじめだけどな。言《い》ってたとおり、呪《のろ》いを解《と》くには力《ちから》を合《あ》わせなきゃいけない。

オレが島《しま》をひきあげ、人間《にんげん》がその岸《きし》に足《あし》をふみいれる」

マウイはオールでモアナをツンツンつついた。

モアナが反応《はんのう》しないので、マウイはさびしそうにもとの姿《すがた》にもどった。

「あのさ、わかるよ。役立《やくた》たずってのはツラいよな」

そう言《い》って、モアナのとなりにすわる。

「そんなこと言《い》いにきたの？」

モアナがイラッとして言《い》った。

「それがさ、その……オレも昔《むかし》、落《お》ち込《こ》んで、それで道《みち》が見《み》えなくなった。そこにあらわれたヤツがいる」

マウイはモアナのほうをチラッと見《み》た。

モアナがマウイをじっと見《み》つめる。

「オレはすっかりそいつを見《み》くびってたけど、そいつはオレをひっぱりあげてくれたんだ」

マウイはモアナの目《め》をじっと見《み》つめて、小《ちい》さく笑《わら》った。

モアナもにっこりしそうになったけど、すぐに思《おも》い直《なお》した。

「島《しま》を出《で》てから、ただのひとつもまともにできてないんだよ」

「おい、出口《でぐち》はちゃんとあるんだ。抜《ぬ》けだしたいのか？　それだったら、チーフーしろ」

「はげますの下手《へた》だね」

「だれよりもうまいぜ。オレは昔《むかし》は人間《にんげん》だった。で、いまは、半分神《はんぶんかみ》。なにが起《お》こるかなんて、わかんないさ」

胸筋《きょうきん》をくいくい動《うご》かしながら、マウイなりにはげましているらしい。

モアナはまだ浮《う》かない顔《かお》だ。

「ううん、なにが起《お》こるかはわかる。ナロの巨大《きょだい》な嵐《あらし》」

「そうだ、のりこえたいか？」

「もうやめて……」

マウイが、モアナがすわっているなにかの巨大《きょだい》な骨《ほね》をぐるぐるまわしてからかう。

モアナは目《め》がまわりそうになって悲鳴《ひめい》をあげた。

「わーっ！」

マウイは笑《わら》いながらモアナをはげますための演説《えんぜつ》をはじめた。


いいか、おまえがどんなに落《お》ち込《こ》んでたって、かならず逆転《ぎゃくてん》できる。

自分《じぶん》の力《ちから》を信《しん》じろ。

恐《おそ》れも疑問《ぎもん》もぜんぶ捨《す》てて、歴史《れきし》をつくれ、運命《うんめい》をつかみとれ。

チーフー！

嵐《あらし》の神《かみ》でいじめっ子《こ》のナロなんか、たいしたことないぞ。

このオレが親友《しんゆう》と呼《よ》べる人間《にんげん》なんてそうそういないぞ！

チーフー！
呪《のろ》いを解《と》け！
いままでに会《あ》ったなかで最高《さいこう》に勇敢《ゆうかん》で偉大《いだい》な〈道《みち》を見《み》つける者《もの》〉なんだから！

モアナは、思《おも》わずクスッと笑《わら》ってしまった。
そして、もしかしたらマウイの言《い》うとおりかもしれないという気《き》がしてきた。
わたしは三年前《さんねんまえ》、テ・フィティに心《こころ》を返《かえ》した。
運命《うんめい》を受《う》けいれて、プレッシャーに負《ま》けなかった。
マウイは、わたしと知《し》り合《あ》って生《う》まれ変《か》わったと言《い》ってくれる。
それはきっと、なにかの証《あかし》になるはず。
これまで何度《なんど》となく恐怖《きょうふ》をのりこえ、心《こころ》の声《こえ》に従《したが》ってきたときとおなじように。
今回《こんかい》だってそうだ。
たしかに、ちょっとはこわい。
だけど、わたしの物語《ものがたり》を描《えが》けるのはわたししかいない。

そしてわたしは、すばらしい物語《ものがたり》を描《えが》きたい。
モトゥフェトゥを見《み》つけて、海《うみ》の民《たみ》をふたたびつなげる物語《ものがたり》だ。
マウイや仲間《なかま》たちとともに……。

モアナはマウイに、ありがとうと目《め》で伝《つた》えた。
感動的《かんどうてき》な演説《えんぜつ》なんて得意分野《とくいぶんや》じゃないくせに、なかなかやるね、と。
そうだ、運命《うんめい》に従《したが》おう。
なにがあっても。

15 仲間《なかま》たちの絆《きずな》

危険《きけん》がせまっているのはわかる。

でもモアナは、いつでもかかってきていいよ、と心《こころ》の準備《じゅんび》をしていた。

マウイがついていてくれるし、きっと仲間《なかま》たちもいっしょに戦《たたか》ってくれるはず。

モアナはみんながいるところにもどっていった。

みんな、不安《ふあん》そうだけど、当然《とうぜん》だ。

「あー……たいへんなお願《ねが》いをしてるのはわかってる……乗《の》ってきた舟《ふね》はもうボロボロだし。だけど、信《しん》じてる。みんなで力《ちから》を合《あ》わせれば……」

モアナはそこでハッとして言葉《ことば》をきった。

ロト、ケレ、モニがニヤッとしてわきにずれると、そこにはすっかり修繕《しゅうぜん》された舟《ふね》があった。

「直《なお》す方法《ほうほう》を見《み》つけたんだ。ご先祖様《せんぞさま》の助《たす》けを借《か》りてね」

ロトが誇《ほこ》らしげに言《い》った。

モアナが近《ちか》づいてよく見《み》ると、タウタイ・ヴァサの舟《ふね》から材料《ざいりょう》を拝借《はいしゃく》して直《なお》してある。

「模様《もよう》をつけたのは、私《わたし》だ。ニワトリに道具《どうぐ》になってもらってな」

ケレが言《い》い、舟《ふね》の側面《そくめん》に彫《ほ》られた絵柄《えがら》にむかってうなずく。

仲間《なかま》たちの絵《え》だ。

そのときヘイヘイがコケッコケッと鳴《な》きながら歩《ある》いてきた。

ヘイヘイのクチバシをつかって彫《ほ》ったらしい。

マウイは笑《わら》って言《い》った。

「やるなあ」

雷雲《らいうん》がだんだん広《ひろ》がってくる。

モアナは空《そら》を見《み》つめてから、また仲間《なかま》たちのほうをむいて言《い》った。

「ナロはわたしたちの物語《ものがたり》をおわらせる気《き》ね。そうはさせない。敵《てき》をだしぬこう。ナロが見《み》たこともない作戦《さくせん》を考《かんが》えるの」

するとロトが言《い》う。

「うん、神様《かみさま》もついてるしね。まあ、ちょっとむさ苦《くる》しいけど、いないよりマシだよね」

マウイが、えっ？　という顔《かお》をする。

するとロトは小声《こごえ》でマウイにむかって言《い》った。

「すごくイケてる！」

マウイはまんざらでもなさそうな顔《かお》をすると、タトゥーをつかって作戦《さくせん》を図解《ずかい》した。

「ナロの嵐《あらし》の中心《ちゅうしん》まで行《い》く。オレが島《しま》をひっぱりあげたら、きみらが上陸《じょうりく》するんだ」

モアナはすーっと息《いき》を吸《す》って、海《うみ》を見《み》つめながらみんなにむかって言《い》った。

「いままでになくむずかしい挑戦《ちょうせん》になる。もしやめたければ……」

コトゥがココナッツのからだを鳴《な》らして、戦《たたか》う意志《いし》を示《しめ》す。

仲間《なかま》たちはみんな、覚悟《かくご》を決《き》めた表情《ひょうじょう》をしていた。

モニが一歩前《いっぽまえ》に出《で》て、タウタイ・ヴァサのオールをモアナにさしだす。

「ぼくは人生《じんせい》をかけて、海《うみ》の民《たみ》の物語《ものがたり》を学《まな》んできた。きみのおかげで、ぼくもその一部《いちぶ》になれる。モアナ、ぼくたちはいっしょだよ。最後《さいご》までずっと」

モアナはオールを受《う》けとって言《い》った。

「じゃあ、決《き》まりね。呪《のろ》いを解《と》きにいこう」

太陽《たいよう》が水平線《すいへいせん》に沈《しず》んでいくころ、モアナたちとマウイは島《しま》をはなれて星座《せいざ》を目指《めざ》した。

波《なみ》がどんどん荒《あ》れてきて、舟《ふね》の上《うえ》に緊張《きんちょう》が走《はし》る。

まあ、例外《れいがい》はいたけれど。

マウイだけは揺《ゆ》れも気《き》にせず、余裕《よゆう》で意味不明《いみふめい》なストレッチをしていた。

「あー、島《しま》を海《うみ》からひっぱりあげるのは久《ひさ》しぶりだな」

スクワットをしながら言《い》う。

胸《むね》の上《うえ》で、ミニ・マウイが足《あし》のほうをしきりに指《ゆび》さしている。

「なんだよ？　ひざの屈伸《くっしん》をしろ？　オレは姿勢《しせい》がいいんだ」

不満《ふまん》そうな顔《かお》をするミニ・マウイを、マウイは指《ゆび》ではじいて脇《わき》の下《した》に送《おく》ってしまった。

モアナは、プアとヘイヘイを船倉《せんそう》に入《い》れた。

かがみこんでのぞくと、プアがネックレスに鼻《はな》を押《お》しつけてくる。

「いい？　呪《のろ》いを解《と》いて、家《いえ》に帰《かえ》る」

シメアにした約束《やくそく》を思《おも》い出《だ》して、あらためて心《こころ》に誓《ちか》った。

「モアナ？」

声《こえ》がしてふりむくと、ケレが目《め》の前《まえ》に立《た》っていた。

手《て》に、植物《しょくぶつ》の鉢植《はちう》えを握《にぎ》っている。

ここまでなんとか生《い》きのびた最後《さいご》の植物《しょくぶつ》だ。

「ケレ？　どうかした？」

ケレがじっと見《み》つめている植物《しょくぶつ》には、ひとつだけ小《ちい》さな実《み》がついていた。

ケレは鉢《はち》をもちあげて言《い》った。

「今日《きょう》、実《み》をつけたんだ。もうダメかと思《おも》っていた。だが、ちゃんと実《みの》った」

すごい……モアナは感動《かんどう》して、ケレの肩《かた》に手《て》をおいた。

どこからともなくモニがあらわれ、おなじようにケレの肩《かた》にそっと手《て》をおく。

「おまえはいいから」

ケレが思《おも》いっきり顔《かお》をしかめて、冷《つめ》たく言《い》いはなった。

モアナがぷぷっと吹《ふ》きだしたとき、マウイの鋭《するど》い声《こえ》がひびいてきた。

「モアナ！」

モアナはしゃきっと背《せ》すじをのばした。

さっきとはかすかに空気《くうき》が変《か》わっている。

モアナは、舟《ふね》の前方《ぜんぽう》に立《た》つマウイのとなりに並《なら》んだ。

なにかが近《ちか》づいているのを感《かん》じる。

ふいに、どこからともなく巨大《きょだい》な竜巻《たつまき》があらわれた。

星座《せいざ》をおおいかくし、水平線《すいへいせん》のむこうから怪物《かいぶつ》のようにそびえたってむかってくる。

「嵐《あらし》だよね……大《おお》きいだけの。これまでだって嵐《あらし》にはあってるし……」

モアナは、なんてことなさそうに言《い》ったけど、声《こえ》がだんだん小《ちい》さくなった。

稲妻《いなずま》が光《ひか》り、竜巻《たつまき》がどんどん増《ふ》えてきた。

積乱雲《せきらんうん》も暗《くら》く、ますます大《おお》きくなってくる。

「いやあ、こうなるとちょっと溶岩《ようがん》の魔物《まもの》が恋《こい》しいぜ」

マウイがとなりでつぶやく。

大波《おおなみ》が押《お》しよせてきた。

モアナは、みんなに合図《あいず》を送《おく》った。

「横《よこ》からまわりこもう！　さあみんな、位置《いち》について！」

マウイがうなずいて、チラッとロトを見《み》た。

「そこのおりこうさん。そろそろ日時計《ひどけい》をチェックしたほうがいいぜ」

ロトがポカンとする。

「なんで？　いま何時《なんじ》？」

マウイは、待《ま》ってましたとばかりに笑《わら》って、決《き》めゼリフを言《い》う準備《じゅんび》をする。

「『マウイの時間《じかん》だ！』」

モニがマウイと同時《どうじ》に言《い》う。

「さあ、大《おお》ぼら吹《ふ》きの嵐《あらし》の神《かみ》に目《め》にもの見《み》せてやろうぜ！」

マウイはさけびながら、舟《ふね》の前方《ぜんぽう》へかけていき、タカに変身《へんしん》した。

巨大《きょだい》な翼《つばさ》をバサッとひとふりして、空高《そらたか》く舞《ま》いあがっていく。

まっすぐ竜巻《たつまき》にむかっていき、とびかかった。

そして、昆虫《こんちゅう》に変身《へんしん》したマウイが、竜巻《たつまき》に吸《す》いこまれていった。

16

海《うみ》に沈《しず》んだ島《しま》

マウイはクジラに変身《へんしん》して竜巻《たつまき》を脱出《だっしゅつ》したかと思《おも》うと、つづいてタカに変身《へんしん》して、嵐《あらし》の中心《ちゅうしん》に向《む》かっていた。

一方《いっぽう》、モアナたちの舟《ふね》には、大波《おおなみ》が押《お》しよせてきていた。

(マウイはきっと、海《うみ》に沈《しず》んだモトゥフェトゥをひきあげてくれる。みんなでナロを倒《たお》すんだ。そうしたら……)

舟《ふね》がはげしく揺《ゆ》れるなか、モアナは自分《じぶん》に言《い》いきかせた。

(みんなで家《いえ》に帰《かえ》る)

仲間《なかま》たちは、あらゆる手《て》をつくして舟《ふね》を前《まえ》に進《すす》めていた。

だけど前《まえ》を見《み》た瞬間《しゅんかん》……大波《おおなみ》がこちらにせまってくる!

モアナはモニのところに走《はし》っていき、いっしょにオールを握《にぎ》った。

ロトとケレはしがみつくものを見《み》つけてからだを支《ささ》えた。
モアナとモニは全力《ぜんりょく》で舟《ふね》をまっすぐに保《たも》ち、大波《おおなみ》を上《うえ》へ、上《うえ》へとのぼっていった。
頂上《ちょうじょう》で一瞬《いっしゅん》、舟《ふね》はあぶなっかしく浮《う》かんで……すぐに勢《いきお》いよく落《お》っこちた。
「見《み》たか、ナロ！」
ケレが声《こえ》をあげる。
ところが、それで危険《きけん》を脱《だっ》したわけではない。
竜巻《たつまき》が近《ちか》づいてくる。
タカの鳴《な》き声《ごえ》がきこえてモアナが顔《かお》をあげると、マウイがもどってきた！
竜巻《たつまき》はなぜかマウイを避《よ》けて、モアナの舟《ふね》にまっすぐむかってくる。
マウイがすかさず、竜巻《たつまき》をタカのかぎ爪《づめ》でぶった切《ぎ》った。
だけど、竜巻《たつまき》はつぎつぎにあらわれてモアナたちの舟《ふね》をおそってくる。
マウイがとびかかるけど、やっぱり竜巻《たつまき》はマウイを避《よ》けてモアナの舟《ふね》にむかってくる。
「おい、なんだよ！」
マウイがさけぶ。

もう一度《いちど》モアナとモニは舟《ふね》の針路《しんろ》を変《か》えて、竜巻《たつまき》をかわした。

「やったぞ！」

モニがさけんだ。

それに答《こた》えるように、嵐雲《あらしぐも》が怒《いか》りのうなり声《ごえ》をあげる。

マウイがいくら破壊《はかい》しても、竜巻《たつまき》はよみがえってモアナの舟《ふね》をおそう。

どんどん数《かず》が増《ふ》える竜巻《たつまき》に、マウイは声《こえ》をあげた。

「おい、こんなのインチキだろ！　ナロの腰抜《こしぬ》けめが！　オレから……逃《に》げたな」

マウイがこのまま竜巻《たつまき》との戦《たたか》いをつづけていたら、島《しま》をひきあげるどころじゃない。

そう思《おも》って、モアナはハッとした。

（そうだ、そういうことだ）

どうすべきかに気《き》づいたモアナは、マウイにむかって言《い》った。

「きっとナロは……マウイは、どうでもいいんだ」

マウイがムッとする。

「いや、ナロはオレが大好《だいす》きだぜ」

モアナは、そういう意味《いみ》じゃなくてと首《くび》を横《よこ》にふった。

「ナロの呪《のろ》いは、人間《にんげん》をバラバラにすることなんだよ。狙《ねら》っているのはわたしたち、人間《にんげん》」

モアナはニヤニヤした。

「なんで……笑《わら》ってるんだ？」

ケレがモアナにたずねる。

「利用《りよう》できるから。ナロにわたしたちを追《お》いかけさせよう。そのすきにマウイだけ嵐《あらし》の中《ちゅう》心《しん》に行《い》って、島《しま》をひきあげるの」

マウイは空《そら》を見《み》あげて嵐《あらし》の中心《ちゅうしん》を見《み》つめ、それからまたモアナに視線《しせん》をもどした。

「いいだろう。でも前《まえ》は嵐《あらし》から逃《に》げ損《そこ》ねたよな。今度《こんど》はできるってのか？」

するとロトが斧《おの》を手《て》にして声《こえ》をあげた。

「いい方法《ほうほう》を考《かんが》えちゃった。マストを、切《き》らなきゃならないけどね」

モアナはマウイのほうにむきなおって言《い》った。

「あなたがわたしたちを守《まも》るために何度《なんど》ももどってたら、島《しま》をひきあげることはできない。それじゃあ、ナロの呪《のろ》いは解《と》けない。まかせて。嵐《あらし》をひきよせるから。それしかない」

その瞬間《しゅんかん》、巨大《きょだい》な雷鳴《らいめい》が波《なみ》をこえてひびいてきた。

ナロが怒《おこ》っている。

マウイはモアナを見《み》つめて、ミニ・マウイと顔《かお》を見合《みあ》わせた。

そして、ふたたびモアナのほうを見《み》た。

モアナの言《い》うとおりだ。

ナロの狙《ねら》いは人間《にんげん》なのだから。

マウイは小《ちい》さくうなずいて、モアナにむかって言《い》った。

「全速力《ぜんそくりょく》で逃《に》げるんだぞ。あーほら、島《しま》ならいくらでもひっぱりあげるが、そこにきみがいなかったら……」

マウイの目《め》がうるんでいる。

モアナは胸《むね》がいっぱいになったけど、思《おも》いがあふれないようにがんばった。

「島《しま》で会《あ》おう、マウイ」

ほんとうは「ありがとう」と言《い》いたかった。

でもきっと、マウイはわかってくれるはず。

マウイはにっこりした。

「そうだな、モアナ」

そう言《い》って、マウイはみんなのほうにむきなおった。

いよいよだ。

「オレはタカだ！」

そう言《い》って気合《きあ》いを入《い》れて変身《へんしん》したのは……ちっちゃな魚《さかな》。

えっ……。

予想外《よそうがい》の展開《てんかい》に、みんなはマウイを見《み》つめた。

「冗談《じょうだん》だって」

マウイは真顔《まがお》になって、今度《こんど》はちゃんとタカに変身《へんしん》した。

「島《しま》でまた会《あ》おう！」

そう言《い》って、竜巻《たつまき》にむかって飛《と》びたっていく。

みんなをおいていきたくはないけど、モアナの言《い》うとおりなのはわかっている。

人間《にんげん》たちが嵐《あらし》をひきつけているあいだに、自分《じぶん》の役目《やくめ》を果《は》たさなきゃいけない。

それに、モアナならきっとやりとげられるはずだ。
間《ま》もなく、嵐《あらし》の中心《ちゅうしん》に到達《とうたつ》した。
中心《ちゅうしん》は不気味《ぶきみ》なほど静《しず》かで、空《そら》をおおう雲《くも》も、稲光《いなびかり》もない。
そして、巨大《きょだい》な嵐《あらし》の中心《ちゅうしん》に浮《う》かんでいたのは、モアナたちを導《みちび》いた星座《せいざ》だった。
マウイは水面《すいめん》に急降下《きゅうこうか》し、タカからサメへと姿《すがた》を変《か》えた。
水《みず》のなかをすべるように、深《ふか》く深《ふか》くもぐっていく。
残《のこ》してきたモアナたちのことは心配《しんぱい》でたまらない。
でもモアナを失望《しつぼう》させたくない一心《いっしん》で、水圧《すいあつ》をはねのけて進《すす》みつづけた。
そのとき、暗闇《くらやみ》のなかからなにかが姿《すがた》をあらわした。
最初《さいしょ》はぼんやりとしていたけど、近《ちか》づくにつれてだんだん形《かたち》になっていく。
モトゥフェトゥ！
ついに見《み》つけた！
マウイは急《いそ》いで釣《つ》り針《ばり》をモトゥフェトゥに固定《こてい》し、ロープを結《むす》びつけた。
水面《すいめん》へとまっすぐむかい、ふたたびタカに変身《へんしん》して、全力《ぜんりょく》で空《そら》へと舞《ま》いあがる。

かぎ爪《づめ》でロープをつかみ、モトゥフェトゥをひっぱりはじめた。
でも、モトゥフェトゥはぴくりとも動《うご》かない。
マウイのからだに神々《かみがみ》の力《ちから》が宿《やど》り、タトゥーが光《ひか》りかがやきはじめる。
マウイはさらにひっぱりつづけた。
ロープがピンと張《は》るけど、モトゥフェトゥはびくともしない。
それでもマウイはあきらめずに全力《ぜんりょく》でひっぱった。
タトゥーがますますまぶしく光《ひか》る。
すると、モトゥフェトゥが動《うご》いた。ほんの少《すこ》し。
それだけで、ナロの注意《ちゅうい》をひくには十分《じゅうぶん》だった。
ナロは雷鳴《らいめい》のようなさけび声《ごえ》をあげ、マウイにむきなおった。

17 嵐《あらし》の神《かみ》ナロの怒《いか》り

モアナの舟《ふね》は、マストを切《き》って帆《ほ》を切《き》りはなして、パラシュートのように広《ひろ》げた状態《じょうたい》で
ロープで舟《ふね》に結《むす》びつけるというロトの作戦《さくせん》のおかげで、急加速《きゅうかそく》して進《すす》んでいた。
モアナは、マウイが海上《かいじょう》に出《で》てロープをひっぱっているのに気《き》づいた。
「モトゥフェトゥを見《み》つけたのね！」
ものすごい怪力《かいりき》で、ロープをひっぱっている。
すごい！　モトゥフェトゥが海上《かいじょう》にひっぱりあげられそう！
ドーン！
嵐《あらし》のなかから、巨大《きょだい》な雷《かみなり》がマウイめがけて落《お》ちてきた。
ギリギリかわしたものの、マウイの肌《はだ》をかすめてしまう。
マウイは痛《いた》みに顔《かお》をしかめながら、それでもロープをひきつづけている。
モアナはいてもたってもいられなかった。

マウイはぜったいにあきらめないはずだ。
ナロが何度《なんど》攻撃《こうげき》してきても、マウイはきっとロープをはなさない。
だけど直撃《ちょくげき》されたら、いくら半神《はんしん》でもたえられないだろう。
ベルトにさしていたほら貝《がい》をとりだし、モアナは思《おも》いっきり吹《ふ》いた。
その音《おと》で、ナロの注意《ちゅうい》はまたモアナにむく。
つぎにどちらを攻撃《こうげき》すべきか迷《まよ》っているらしい。
マウイか、モアナか。
うなり声《ごえ》をあげながら、ナロは稲妻《いなずま》をモアナに打《う》ちこんできた。
なんとかよけられたけど、かなりギリギリだ。
「オレにまかせろ！　さがってろ！」
荒《あ》れくるう嵐《あらし》のなか、マウイがさけぶ。
ひきさがるなんてイヤ……だけど、マウイの言《い》うとおりなのはわかる。
ナロは、モトゥフェトゥが動《うご》いたことに激怒《げきど》して、さらに大《おお》きな稲妻《いなずま》を解《と》きはなった。
ドカーン……ビリビリビリ！

稲妻《いなずま》がマウイに直撃《ちょくげき》する。
電流《でんりゅう》がからだじゅうに流《なが》れ、マウイはひどくけいれんした。
舟《ふね》から見守《みまも》っていたモアナたちは、恐怖《きょうふ》でいっぱいだった。
マウイは必死《ひっし》にたえながら、まだモトゥフェトゥにつなげたロープを握《にぎ》りしめている。
さらにもう一発《いっぱつ》、稲妻《いなずま》が打《う》ちこまれた。
モアナは悲鳴《ひめい》をあげた。
マウイと目《め》が合《あ》う。
マウイは悲《かな》しそうに、少《すこ》しゆがんだ笑《え》みを浮《う》かべていた。
ほかのすべてが消《き》え去《さ》り、ここにいるのはふたりだけのような気《き》がした。
モアナとマウイだけが、この瞬間《しゅんかん》にとり残《のこ》されている。
モアナは、マウイが無言《むごん》のわかれを告《つ》げていることを感《かん》じていた。
「マウイ……」
涙《なみだ》がモアナのほっぺたをつたって流《なが》れる。
「自分《じぶん》の道《みち》を見《み》つけろ」

波《なみ》の音《おと》をこえて、マウイの声《こえ》がきこえてきた。
マウイがふたたびロープをひきはじめる。
わずかに残《のこ》った力《ちから》をかき集《あつ》めて、マウイはモトゥフェトゥをひっぱった。
モトゥフェトゥはもう水面《すいめん》まできている。
荒《あ》れる波《なみ》の下《した》に島《しま》の影《かげ》が見《み》える。
あと少《すこ》しだけ、もうちょっとだけ高《たか》いところまできてくれれば……。
だけどナロがそれを許《ゆる》さなかった。
稲妻《いなずま》はマウイをさらに苦《くる》しめて、あらたなエネルギーを得《え》て燃《も》えあがる。
そしてあまりにも強《つよ》い力《ちから》で、マウイのからだからタトゥーをはぎとってしまった。
モアナは息《いき》をのんだ。
モニもロトもケレも、悲鳴《ひめい》をあげる。
これは、神々《かみがみ》によってのみ課《か》される、おそらくなによりも残酷《ざんこく》な罰《ばつ》。
ミニ・マウイが焼《や》けつくされるなか、マウイは最後《さいご》の苦痛《くつう》のさけび声《ごえ》をあげた。
そしてものすごい爆発音《ばくはつおん》とともに、空高《そらたか》く打《う》ちあげられ、マウイの手《て》からロープがはなれた。
永遠《えいえん》にとびつづけるように見《み》えたけど、一瞬《いっしゅん》、マウイのからだが空中《くうちゅう》で静止《せいし》する。
見《み》つめていたモアナは、悲痛《ひつう》なさけび声《ごえ》をあげてマウイを呼《よ》んだ。
マウイがゆっくりと落《お》ちてきて、モアナのさけび声《ごえ》も嵐《あらし》にのみこまれた。
じゃまなマウイがいなくなったいま、ナロはモアナたちにおそいかかってきた。
そして、あたりは暗闇《くらやみ》におおわれた。

モアナは暗闇《くらやみ》にのみこまれていた。
こもった雷鳴《らいめい》がとどろき、舟《ふね》が見《み》えない波《なみ》に揺《ゆ》れているのを感《かん》じる。
ロト、モニ、ケレが自分《じぶん》を呼《よ》ぶおびえた声《こえ》が、霧《きり》のなかにひびいている。
足《あし》をふみはずして、モアナはよろめいた。
するとネックレスの貝《かい》がらがひらいて、シメアにもらったヒトデがポロッと落《お》ちた。
ああっ……モアナは危険《きけん》もかえりみずに必死《ひっし》にヒトデをさがした。
ぜったいになくしたくない。

もうすでに多《おお》くのものを失《うしな》ったのだから。

ふいに、指《ゆび》がヒトデのざらざらに触《ふ》れた。

ヒトデを握《にぎ》りしめて、モアナはホッとしてふーっと息《いき》をついた。

そして首《くび》からさげた貝《かい》のなかにしっかりしまうと、立《た》ちあがった。

約束《やくそく》を果《は》たさなくちゃ。

マウイはわたしのためにさんざん犠牲《ぎせい》を払《はら》った。

家族《かぞく》も村《むら》の人《ひと》たちも、わたしを信《しん》じてくれている。

ご先祖様《せんぞさま》たちも、わたしのなかになにかを見《み》いだして、自分《じぶん》たちが果《は》たせなかった願《ねが》いをたくしてくれた。

わたしは〈道《みち》を見《み》つける者《もの》〉、わたしはタウタイだ。

目《め》をとじて、モアナは嵐《あらし》を心《こころ》から追《お》いだした。

自分自身《じぶんじしん》を深《ふか》く見《み》つめて解決策《かいけつさく》をさがす。

そして、目《め》をパッと見《み》ひらいた。

そうだ、なにをすべきかわかった！

「マウイが島《しま》をもちあげなくても、呪《のろ》いを解《と》ける。方法《ほうほう》はある！」
言《い》いながら確信《かくしん》が強《つよ》くなり、声《こえ》もハッキリしてくる。
「べつの道《みち》があるの！」
深呼吸《しんこきゅう》をして、モアナはぐるぐると渦《うず》を巻《ま》く海《うみ》のなかへとびこんだ。
仲間《なかま》たちが必死《ひっし》でモアナをとめようとして名前《なまえ》を呼《よ》ぶ。
だけど、モアナの耳《みみ》には入《はい》らない。
モアナのからだは冷《つめ》たい水《みず》につつまれていた。
上《うえ》のほうから荒《あ》れくるう嵐《あらし》の音《おと》がきこえる。
ナロのさけび声《ごえ》だ。
稲妻《いなずま》がひらめいて空《そら》を照《て》らし、海《うみ》のなかまで光《ひかり》がさしこんできた。
(仲間《なかま》がみんな無事《ぶじ》でありますように……。
そしてマウイも、なんとか生《い》きのびていますように)
モアナは泳《およ》ぎつづけ、水《みず》のなかを必死《ひっし》につき進《すす》んだ。
わたしがモトゥフェトゥにたどりついて、触《ふ》れればいい。

また稲妻《いなずま》が光《ひか》り、モトゥフェトゥの姿《すがた》をくっきりと照《て》らしだす。
あと数《すう》メートル！
モトゥフェトゥは、ゆっくりとまた海底《かいてい》に沈《しず》んでいこうとしている。
ナロが怒《いか》りにまかせてあらたな稲妻《いなずま》を打《う》ちこんできて、あたりの水《みず》がふるえた。
最後《さいご》の力《ちから》をふりしぼって、モアナは泳《およ》ぎつづけた。
肺《はい》が空気《くうき》を求《もと》めて悲鳴《ひめい》をあげるなか、モアナはモトゥフェトゥにたどりついた。
ほんの一瞬《いっしゅん》、指《ゆび》が大地《だいち》に触《ふ》れた。
その瞬間《しゅんかん》、暗《くら》い紫色《むらさきいろ》だった空《そら》がぱーっと明《あか》るくなった。
嵐《あらし》がやんだ。

18 モアナの海《うみ》

意識《いしき》をとりもどすと、マウイはモアナたちの舟《ふね》の上《うえ》にいた。

ナロとの対決《たいけつ》を生《い》きのびたらしい……かろうじて。

マウイが海《うみ》に落《お》ちたのを見《み》て、泳《およ》げないケレがすかさず海《うみ》にとびこんだ。

そしてプアといっしょに助《たす》けて、みんなで協力《きょうりょく》して舟《ふね》にひきあげた。

マウイはみんなの顔《かお》を見《み》て、モアナがひとりでモトゥフェトゥにむかったことをさとった。


からだからタトゥーは消《き》えているし、力《ちから》も残《のこ》っていない。

ミニ・マウイもどこにもいないし、釣《つ》り針《ばり》もなくしてしまった。

でも、そんなことはどうでもいい。

マウイはモアナを追《お》って海《うみ》にとびこんだ。

残《のこ》されたわずかな力《ちから》で、できるだけ速《はや》く泳《およ》いだ。

モアナがモトゥフェトゥに近《ちか》づいているのがぼんやりと見《み》える。
稲妻《いなずま》が水中《すいちゅう》にひらめいて、モアナのからだに突《つ》きささる。
そして、モアナは動《うご》かなくなった。
マウイはしぼりだすようなさけび声《ごえ》をあげ、モアナにむかって泳《およ》いだ。
爆風《ばくふう》で吹《ふ》きとばされそうになるけど、なんとか押《お》しのける。
ぜったいにモアナのところに行《い》くんだ。
モアナのぐったりしたからだを腕《うで》にかかえ、マウイはモトゥフェトゥの上《うえ》に立《た》った。
そして、モアナを見《み》おろした。
これが物語《ものがたり》のおわりではないはずだ。
シメアのヒトデを見《み》つけて、モアナをそのとなりに横《よこ》たえる。
そして、モアナのそばにひざまずき、手《て》を自分《じぶん》の胸《むね》にあてた。
前回《ぜんかい》の冒険《ぼうけん》のあとに胸《むね》にあらわれた、モアナのタトゥーがあった場所《ばしょ》に。
この三年間《さんねんかん》、あのタトゥーを幾度《いくど》となく見《み》ては、人間《にんげん》の強《つよ》さを思《おも》い出《だ》してきた。
すると、海《うみ》がふたりのまわりを渦巻《うずま》きはじめた。

モアナの友《とも》だち、モアナの海《うみ》！

やがて海《うみ》は、マウイとモアナを守《まも》るためのドームをつくった。

マウイはそれに気《き》づかないまま、神々《かみがみ》と祖先《そせん》たちへの祈《いの》りを静《しず》かに唱《とな》えはじめた。

きいているかどうかはわからない。

でも、祈《いの》るしかない。

すると、巨大《きょだい》なジンベエザメが近《ちか》づいてきた。

ジンベエザメのからだの上《うえ》で、タトゥーが暗《くら》い水中《すいちゅう》できらめいている。

ジンベエザメはタウタイ・ヴァサに姿《すがた》を変《か》え、祈《いの》りに加《くわ》わってきた。

マウイたちの声《こえ》が波間《なみま》にただようと、さらに多《おお》くの祖先《そせん》の霊《れい》があらわれた。

呼《よ》びかけにこたえる霊《れい》はどんどん数《かず》を増《ま》していき、モアナとマウイのまわりで手《て》をつないで輪《わ》になった。

タラおばあちゃんの霊《れい》もいる。

タラおばあちゃんが、モアナの手《て》をそっと握《にぎ》った。

すると、モアナが息《いき》を吹《ふ》き返《かえ》した。

マウイはほほ笑《え》んだ。
ああ、モアナはもうだいじょうぶだ。
モアナの左腕《ひだりうで》には、光《ひか》るタトゥーがあらわれていた。

モアナは目《め》をぱちくりさせた。
なにがどうなってるの？
最後《さいご》に覚《おぼ》えてるのは、モトゥフェトゥの大地《だいち》に触《ふ》れようとしたこと。
その直後《ちょくご》、激痛《げきつう》が走《はし》って、それから……なにも覚《おぼ》えてない。
起《お》きあがると、マウイがいた。
タラおばあちゃんもいる。
そのむこうに、何百《なんびゃく》もの祖先《そせん》たちの霊《れい》が輪《わ》になっている。
タウタイ・ヴァサの姿《すがた》も見《み》える。
モアナは自分《じぶん》の左腕《ひだりうで》にあらわれたタトゥーに気《き》づいた。
見《み》ると、マウイのからだからはタトゥーが消《き》えている。

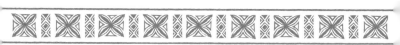

そのとき、釣《つ》り針《ばり》がマウイのところにとんできた。
マウイが釣《つ》り針《ばり》を手《て》にとると、からだにタトゥーがもどってきた。
ミニ・マウイもちゃんと復活《ふっかつ》している。
海《うみ》がきらめき、モアナのオールが手《て》もとにただよってきた。
オールも光《ひか》るタトゥーでかがやいている。
マウイの釣《つ》り針《ばり》についている模様《もよう》に似《に》ているけど、少《すこ》しちがう。
これは、海《うみ》からの贈《おく》りものだ……。
人々《ひとびと》と海《うみ》、過去《かこ》と未来《みらい》をつなぐ架《か》け橋《はし》。
モアナはしっかりオールを握《にぎ》りしめた。
タラおばあちゃんとタウタイ・ヴァサが、こくりとうなずく。
タラおばあちゃんはモアナのおでこに、自分《じぶん》のおでこをコツンと合《あ》わせた。
そしてエイに姿《すがた》を変《か》え、泳《およ》ぎ去《さ》っていった。
気《き》づくと、モアナとマウイのふたりだけになっていた。
マウイは、おどろきと感動《かんどう》に満《み》ちた目《め》でこちらを見《み》つめている。

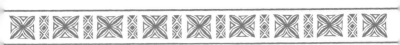

マウイの胸《むね》で、ミニ・マウイがうれし泣《な》きをしている。
マウイがわたしを助《たす》けてくれたんだ。
そしていま、マウイはふたりではじめたことをともにおえるため、そばにいてくれる。
モアナは眉《まゆ》をクイッとあげてうなずいた。
さあ、島《しま》をひきあげよう。
ふたりで。
マウイはすかさず水面《すいめん》にむかい、とびあがって空中《くうちゅう》でタカに変身《へんしん》した。
太陽《たいよう》が水面《すいめん》を照《て》らし、青空《あおぞら》には一片《いっぺん》の雲《くも》もない。
マウイはふたたびそのかぎ爪《づめ》でロープをつかみ、ひっぱった。
モトゥフェトゥが浮《う》きあがりはじめ、水《みず》が大《おお》きく渦巻《うずま》きはじめる。
はげしいしぶきをあげて、モトゥフェトゥが海面《かいめん》をつきやぶった。
その上《うえ》に、モアナが立《た》っていた。
モアナは目《め》の前《まえ》に広《ひろ》がる大海原《おおうなばら》を見《み》わたした。
舟《ふね》と仲間《なかま》たちが見《み》える。

舟《ふね》はおだやかな海《うみ》に浮《う》かび、仲間《なかま》たちはあっけにとられてこちらを見《み》ている。

タカになったマウイがすぐそばを飛《と》んでいるのを見《み》て、安心感《あんしんかん》につつまれる。

深呼吸《しんこきゅう》をして、モアナはほら貝《がい》を吹《ふ》いた。

ほら貝《がい》の音《おと》がかけぬけていくのと同時《どうじ》に、海《うみ》の上《うえ》に放射状《ほうしゃじょう》に光《ひか》る道《みち》が何本《なんぼん》もできた。

モトゥフェトゥがナロに沈《しず》められてからずっと眠《ねむ》っていた海路《かいろ》が、ふたたびひらかれた。

呪《のろ》いによって遠《とお》ざけられていた人々《ひとびと》が、ふたたびつながることができる。

翼《つばさ》をはためかせる音《おと》がして、モアナはマウイがおりてきたのに気《き》づいた。

マウイがモアナの横《よこ》に着地《ちゃくち》して、もとの姿《すがた》にもどる。

にっこりするマウイの目《め》は、誇《ほこ》らしさにかがやいていた。

「レベルあげたな、モアナ」

モアナは自分《じぶん》のタトゥーとマウイのタトゥーを見比《みくら》べた。

「うん。あー、これってつまりその……」

「そうさ。オレのタトゥーのほうがイカしてるけどな」

マウイが笑《わら》った。

ミニ・マウイがあきれた顔《かお》をしている。

舟《ふね》が岸《きし》に近《ちか》づいてきて、仲間《なかま》たちが先《さき》を争《あらそ》うようにモアナのもとへかけよってくる。

モアナもかけだして、みんなのなかにとびこんだ。

最高《さいこう》に幸《しあわ》せな、最高《さいこう》にあったかいハグの輪《わ》ができる。

その瞬間《しゅんかん》まで、モアナは自分《じぶん》がどれだけ仲間《なかま》を大切《たいせつ》に思《おも》っていたか気《き》づいていなかった。

マウイだけでなく、仲間《なかま》たちにも救《すく》われたのを実感《じっかん》する。

そのとき、大波《おおなみ》がザブーンと押《お》しよせてきた。

海《うみ》がいつもの波《なみ》のトンネルをつくっている。

「ああ、海《うみ》！　会《あ》いたかった！」

モアナがさけぶ。

海《うみ》がマウイの顔《かお》にプシューッと水《みず》をふきかける。

みんながゲラゲラ笑《わら》うなか、モアナは仲間《なかま》たちを見《み》まわした。

みんな、わたしを信《しん》じてくれた。

そして力《ちから》を合《あ》わせて、モトゥフェトゥをひきあげた。

みんなで、ふたたび海《うみ》をひらいた。

静《しず》けさをやぶったのはマウイだった。

子《こ》ブタのプアをじっと見《み》つめて言《い》う。

「島《しま》をひきあげると腹《はら》が減《へ》るなあ。な、わかるだろ？」

モアナはすかさずプアを抱《だ》きあげた。

19

つながった海《うみ》の民《たみ》

太陽《たいよう》が水平線《すいへいせん》に沈《しず》んでいくころ、モアナ、マウイ、仲間《なかま》たちはモトゥフェトゥの洞窟《どうくつ》を歩《ある》いていた。

壁《かべ》に島々《しまじま》の絵《え》が描《えが》かれている。

「ほら、モトゥヌイだ。ふるさとだよ」

モニが言《い》って、モトゥヌイの絵《え》を指《ゆび》さす。

コトゥがケレの肩《かた》にのって、自分《じぶん》のふるさとの島《しま》の絵《え》にむかって合図《あいず》した。

「こいつの島《しま》だってさ。カカモラ語《ご》がわかるようになったぞ」

ケレが言《い》う。

島《しま》は長《なが》いあいだ海《うみ》に沈《しず》んでいたので、藻《も》やサンゴが壁《かべ》にへばりついている。

それでも、くっきりと刻《きざ》まれているのは、モトゥフェトゥの姿《すがた》だった。

モトゥフェトゥから放射状《ほうしゃじょう》に海路《かいろ》がのびているところがしっかり描《えが》かれている。

「島《しま》がいっぱいあるんだね」

ロトが言《い》う。

「うん。ねえ、わかる？　いつの日《ひ》か、だれかが……」

そのとき、ほら貝《がい》の音《おと》がきこえてモアナはパッとふりむいた。

だけどまたしても、ヘイヘイが貝《かい》を喉《のど》につまらせている音《おと》。

コトゥがヘイヘイから貝《かい》をペッと吐《は》きださせる。

「もう、それやめてもらえない？」

モアナはもんくを言《い》った。

するとべつの方向《ほうこう》から、今度《こんど》はほんもののほら貝《がい》の音《おと》がひびいてきた！

モアナがパッとふりむいた。

そして海《うみ》をじっと見《み》つめて、モアナは息《いき》をのんだ。

「人《ひと》が？　人《ひと》が来《き》たんだよ！」

モニがさけぶ。

みんな、顔《かお》を見合《みあ》わせて走《はし》りだした。

海岸《かいがん》に着《つ》くと、舟《ふね》が砂浜《すなはま》にのりあげようとしているところだった。
舟《ふね》から人《ひと》がおりてきて、モアナとむきあう。
モアナと、あらたな〈道《みち》を見《み》つける者《もの》〉とが出会《であ》った瞬間《しゅんかん》だ。
またべつのほら貝《がい》の音《おと》が海《うみ》にひびきわたった。
そしてまたべつの音《おと》も！
人々《ひとびと》があちこちから集《あつ》まってきた！
モアナがずっと望《のぞ》んでいた以上《いじょう》のことが起《お》こっていた。
人々《ひとびと》が来《き》た。ここに来《き》た！
そしてもう二度《にど》とひきはなされることはない。
歓声《かんせい》がひびきわたるなか、モアナは満面《まんめん》の笑《え》みを浮《う》かべた。
わたしたちは、モトゥフェトゥをひきあげた。
約束《やくそく》したとおりに。
だけどまだ、果《は》たさなければいけない約束《やくそく》がある……。

モトゥヌイの海岸《かいがん》はおだやかで、太陽《たいよう》の光《ひかり》にきらめいている。

村《むら》はいつもどおり平和《へいわ》で、はるか遠《とお》くの海《うみ》で死闘《しとう》がくりひろげられていたとは思《おも》えない。

ふいに、バーン！　と砂嵐《すなあらし》が起《お》きた。

砂煙《すなけむり》がおさまると、そこにはマウイが立《た》っていた。

砂《すな》をぱんぱん払《はら》いながら、あたりを見《み》まわす。

海岸《かいがん》にいた村人《むらびと》たちは、マウイの突然《とつぜん》の登場《とうじょう》にあっけにとられている。

「ブーン！　キマったぜ！」

マウイが誇《ほこ》らしげに言《い》う。

ヤシの木《き》から少年《しょうねん》たちがすべりおりてきて、ぽかーんとマウイを見《み》つめる。

モニから話《はなし》をきいたことがあるけど、まさかここモトゥヌイにあらわれるとは！

ほかの村人《むらびと》たちもぞくぞくと集《あつ》まってきて、目《め》を見《み》ひらいている。

マウイは注目《ちゅうもく》をあびて得意満面《とくいまんめん》だ。

「そうだ、よく見《み》ておけ。騒《さわ》がせて悪《わる》かったな」

マウイはそう言《い》ってから、自分《じぶん》がここに来《き》た理由《りゆう》を思《おも》い出《だ》した。

「よお、シメアって子《こ》をさがしてるんだ。ここらへんにシメアは……」

「あたし、シメア」

足《あし》もとで小《ちい》さな声《こえ》がする。

マウイが見《み》おろすと、くりくりした大《おお》きな目《め》でこちらを見《み》あげる小《ちい》さな女《おんな》の子《こ》がいた。

マウイのハデな着地《ちゃくち》のせいで砂《すな》に埋《う》まってしまっている。

マウイがかがみこむと、シメアに耳《みみ》をぎゅっとひっつかまれた。

シメアがキッパリと言《い》う。

「モトゥヌイのシメア」

マウイはうなずいた。

ああ、あのときとおなじだ。モアナとはじめて出会《であ》ったときと。

「そうみたいだな」

マウイは耳《みみ》をはなしてもらえないかと合図《あいず》して、からだを起《お》こした。

「いいか、姉《ねえ》ちゃんからプレゼントをあずかってきたんだ」

シメアは目《め》をかがやかせ、パチパチ手《て》をたたきながらつま先立《さきだ》ちで踊《おど》りだした。

マウイは腰《こし》に巻《ま》いた草《くさ》のなかから丸《まる》い石《いし》をとりだした。

「はい、これ。モトゥフェトゥのものだ」

シメアはそれを受《う》けとって、手《て》のなかでひっくりかえしながらまじまじと見《み》つめた。

「これ、なあに?」

マウイは石《いし》をもちあげて、まんなかの穴《あな》を見《み》せた。

そしてシメアに、のぞいてみるように合図《あいず》した。

シメアがゆっくりと石《いし》を目《め》にあててのぞきこむ。

そして、息《いき》をのんだ。

見《み》えたのは、サンゴ礁《しょう》のむこうから近《ちか》づいてくるモアナの姿《すがた》!

舟《ふね》のいちばん前《まえ》に立《た》って、そのうしろには仲間《なかま》たちもいる。

モアナが帰《かえ》ってきた!

「おチビちゃーん!」

モアナの声《こえ》が波《なみ》をこえてひびいてくる。

「おねえちゃーん!」

シメアはさけびながら、波打《なみう》ちぎわにむかって走《はし》りだした。

モアナが舟《ふね》からとびおりると、海《うみ》が道《みち》をひらく。

モアナはシメアのところにかけよってきた。

ふたりでぎゅっと抱《だ》きあって、笑《わら》って泣《な》いて再会《さいかい》をよろこんだ。

すぐにお母《かあ》さんとお父《とう》さんもやって来《き》て、モアナを抱《だ》きしめた。

ようやくみんなで砂浜《すなはま》にもどると、お父《とう》さんはモアナを見《み》おろしてほほ笑《え》んだ。

「で、今回《こんかい》の旅《たび》はどうだった？」

そのとき、水平線《すいへいせん》に数十隻《すうじっせき》の舟《ふね》があらわれた。

モアナはお父《とう》さんと目《め》を合《あ》わせてにっこりした。


海辺《うみべ》の東屋《あずまや》で、モトゥヌイにやってきた各島《かくしま》の長《おさ》たちが円《えん》になってすわっている。

モアナたちは、その後《ご》もあらたに到着《とうちゃく》した訪問者《ほうもんしゃ》たちを歓迎《かんげい》して数日《すうじつ》を過《す》ごした。

ロトはべつの職人《しょくにん》といっしょにスペシャルな舟《ふね》をつくる計画《けいかく》をたて、ケレはあたらしい果物《くだもの》を弟子《でし》といっしょに開発《かいはつ》し、モニは自分《じぶん》の冒険《ぼうけん》の物語《ものがたり》を子《こ》どもたちに語《かた》ってきかせた。

生活《せいかつ》はもとにもどったけど、なにもかもがおなじではなかった。
モアナだけでなく、旅《たび》の仲間全員《なかまぜんいん》が変《か》わっていた。
そして、あらたにモトゥヌイに到着《とうちゃく》した人々《ひとびと》は、あたらしい世界《せかい》をもたらした。

すべてが落《お》ち着《つ》いたころ、モアナはやるべきことがまだ残《のこ》っていることに気《き》づいた。
そこで舟《ふね》にコトゥを乗《の》せて、マウイといっしょにふたたびカカモラ島《じま》へむかった。
コトゥは家族《かぞく》のもとに帰《かえ》った。
これで、モアナの最後《さいご》の約束《やくそく》が果《は》たされた。
いま、モアナとマウイは舟《ふね》の前《まえ》に立《た》っている。
カカモラのふるさとの島《しま》が遠《とお》ざかっていく。
「つぎはどこだ?」
マウイが親友《しんゆう》にたずねた。
未来《みらい》になにが待《ま》っているかはわからない。
だけど、見《み》つける準備《じゅんび》はできている。

モアナは帆《ほ》をあげ、マウイにむきなおった。

「しっかりつかまっててね」

モアナはそう言《い》ってにっこりした。

エピローグ

モトゥフェトゥから遠《とお》くはなれた闇《やみ》の世界《せかい》に夜《よる》がおとずれていた。

その闇《やみ》のなか、コウモリの群《む》れのなかにあらわれたのは、貝《かい》の牢獄《ろうごく》から解放《かいほう》されたマタンギだった。

地面《じめん》にすべりおりると、たちこめていた濃《こ》い霧《きり》があっという間《ま》に消《き》え去《さ》って……。

ドカーン！

稲妻《いなずま》が足《あし》もとで爆発《ばくはつ》し、マタンギはピタッと足《あし》をとめた。

下《した》を見《み》たマタンギは、紫色《むらさきいろ》の瞳《ひとみ》を細《ほそ》めた。

稲妻《いなずま》が小《ちい》さな炎《ほのお》をあげている。

マタンギはその炎《ほのお》を踏《ふ》みつけてあっさり消《け》した。

こんな歓迎《かんげい》は気《き》に入《い》らない。

まあ、おどろかないけれど。

稲妻《いなずま》を放《はな》ったのがだれなのかはわかっている。

「狙《ねら》いがはずれたね、ナロ」

マタンギはイライラをかくそうともせずに言《い》った。

すると、うすくなってきた霧《きり》のなかから人影《ひとかげ》があらわれた。

嵐雲《あらしぐも》でできたその人影《ひとかげ》は巨大《きょだい》で、ふたつのかがやく白《しろ》い目《め》でこちらを鋭《するど》く見《み》つめている。

その姿《すがた》は、まるで稲妻《いなずま》のようだった。

頭部《とうぶ》と胴体《どうたい》は人間《にんげん》に似《に》ているけど、足《あし》は煙《けむり》でできている。

あたりにひびきわたるような低《ひく》いうなり声《ごえ》を発《はっ》しているその姿《すがた》は……。

ナロ。

ナロがふたたび稲妻《いなずま》を放《はな》つ。

だが今回《こんかい》はコウモリのペカにあたり、ペカは燃《も》えながら飛《と》び去《さ》った。

マタンギはうんざりして目玉《めだま》をぐるんとさせた。

ナロなどこわくない。

むしろ、ムカつく。

「人間《にんげん》がモトゥフェトゥにたどりつくなどありえぬこと。わが呪《のろ》いを解《と》くとは……」

雷《かみなり》のようにとどろく声《こえ》でナロが言《い》う。

マタンギはすぐに答《こた》えずに言葉《ことば》を選《えら》んでいた。

たしかにモアナにはびっくりした。

思《おも》っていたような、弱々《よわよわ》しい人間《にんげん》ではなかった。

ほとんどの神々《かみがみ》や半神《はんしん》よりも情熱《じょうねつ》と強《つよ》さと勇気《ゆうき》、そして信念《しんねん》をもっていた。

もちろん口《くち》に出《だ》すつもりは決《けっ》してないが、マタンギはモアナを誇《ほこ》りに思《おも》っていた。

あの子《こ》は自《みずか》らの道《みち》を切《き》り拓《ひら》いた。

しかも、わたしを解放《かいほう》してくれた。

マタンギは少《すこ》し間《ま》をおいてから言《い》った。

「まあ……あたしはもちろん、どうやったのか見当《けんとう》もつかない」

怒《いか》りにふるえるナロの姿《すがた》がどんどんふくれあがっていく。

そして、稲光《いなびかり》の手錠《てじょう》でマタンギの手《て》をしばった。

「ナロ、借《か》りは返《かえ》した。もうおわりのはずでしょ」

マタンギが抗議《こうぎ》する。

すると、ナロがすっくと立《た》ちあがった。

「いや、まだはじまったばかりだ」

Fin

★小学館ジュニア文庫★　ワクワク、ドキドキがいっぱいのラインナップ

〈みんな大好き♡ディズニー作品〉

アナと雪の女王　～同時収録 短編 エルサのサプライズ～
アナと雪の女王2
アナと雪の女王　～ひきさかれた姉妹～
あの夏のルカ
アラジン
インサイド・ヘッド2
ウィッシュ
モアナと伝説の海2

カーズ
クルエラ
ジャングル・ブック
ズートピア
ストレンジ・ワールド　もうひとつの世界
ソウルフル・ワールド
ダンボ
ディズニーツムツムの大冒険　全2巻
ディズニーヴィランズのこわい話 アースラ　悪夢の契約書
ディズニーヴィランズのこわい話 フック船長　12歳、永遠の呪い
ディセンダント　全3巻
トイ・ストーリー
トイ・ストーリー2
塔の上のラプンツェル
ナイトメアー・ビフォア・クリスマス
2分の1の魔法
眠れる森の美女　～目覚めなかったオーロラ姫～
バズ・ライトイヤー
美女と野獣　～運命のとびら～（上）（下）
ピノキオ
ファインディング・ドリー
ファインディング・ニモ
ベイマックス

マイ・エレメント

マレフィセント2　～同時収録 マレフィセント～
ミラベルと魔法だらけの家
ムーラン
モンスターズ・インク
モンスターズ・ユニバーシティ
ラーヤと龍の王国
ライオン・キング
リトル・マーメイド
私ときどきレッサーパンダ
わんわん物語

〈全世界で大ヒット中！　ユニバーサル作品〉

怪盗グルーの月泥棒
怪盗グルーのミニオン危機一発
怪盗グルーのミニオン大脱走
怪盗グルーのミニオン超変身

ジュラシック・ワールド 炎の王国
ジュラシック・ワールド 0 悲劇の王国
ジュラシック・ワールド 新たなる支配者
ジュラシック・ワールド サバイバル・キャンプ
ジュラシック・ワールド サバイバル・キャンプ2
SING シング
SING シング ―ネクストステージ―

ボス・ベイビー
ボス・ベイビー ファミリー・ミッション

ボス・ベイビー ～ビジネスは赤ちゃんにおまかせ～ 1～2
ミニオンズ
ミニオンズ フィーバー

〈たくさん読んで楽しく書こう！　読書ノート〉

アナと雪の女王2 読書ノート
すみっコぐらしの読書ノート
すみっコぐらしの読書ノート ぱーと2
くまのプーさん 読書ノート

コウペンちゃん読書ノート
ドラえもんの夢をかなえる読書ノート
名探偵コナン読書ノート

次はどれにする？　おもしろくて楽しい新刊が、続々登場!!

★小学館ジュニア文庫★ ワクワク、ドキドキがいっぱいのラインナップ

〈「華麗なる探偵アリス&ペンギン」シリーズ〉

華麗なる探偵アリス&ペンギン
華麗なる探偵アリス&ペンギン ワンダー・チェンジ！
華麗なる探偵アリス&ペンギン ミラー・ラビリンス
華麗なる探偵アリス&ペンギン サマー・トレジャー
華麗なる探偵アリス&ペンギン トラブル・ハロウィン
華麗なる探偵アリス&ペンギン ペンギン・パニック！
華麗なる探偵アリス&ペンギン ミステリアス・ナイト
華麗なる探偵アリス&ペンギン アリスVS.ホームズ！
華麗なる探偵アリス&ペンギン アラビアン・デート
華麗なる探偵アリス&ペンギン パーティ・パーティ
華麗なる探偵アリス&ペンギン ホームズ・イン・ジャパン

華麗なる探偵アリス&ペンギン ウィッチ・ハント！
華麗なる探偵アリス&ペンギン ファンシー・ファンタジー
華麗なる探偵アリス&ペンギン リトル・リドル・アリス
華麗なる探偵アリス&ペンギン ゴースト・キャッスル

華麗なる探偵アリス&ペンギン ウエルカム・ミラーランド
華麗なる探偵アリス&ペンギン ウィッシュ・オン・ザ・スターズ
華麗なる探偵アリス&ペンギン ダンシング・グルメ
華麗なる探偵アリス&ペンギン ペンギン・ウォンテッド！
華麗なる探偵アリス&ペンギン キャッツ・イン・ザ・スカイ
華麗なる探偵アリス&ペンギン スパイ・スパイ
華麗なる探偵アリス&ペンギン ハッピー・ホラー・ショー
華麗なる探偵アリス&ペンギン スイーツ・モンスターズ

華麗なる探偵アリス&ペンギン イッツ・ショータイム！

〈ジュニア文庫でしか読めないおはなし！〉

愛情融資店まごころ 全3巻
アズサくんには注目しないでください！
あの日、そらですきをみつけた
いじめ 14歳のMessage
おいでよ、花まる寮！
オオカミ神社におねがいっ！ 姫巫女さまの大事件
オオカミ神社におねがいっ！ 姫巫女さまの宝さがし
お悩み解決！ ズバッと同盟 全2巻
緒崎さん家の妖怪事件簿 全4巻
家事代行サービス事件簿 ミタちゃんが見ちゃった!?

彼方からのジュエリーナイト！ 全2巻
ギルティゲーム 全6巻
銀色☆フェアリーテイル 全3巻
ぐらん×ぐらんぱ！ スマホジャック 全2巻
ここはエンゲキ特区！

次はどれにする？　おもしろくて楽しい新刊が、続々登場!!

さくら×ドロップ　レシピー：チーズハンバーグ
ちえり×ドロップ　レシピー：マカロニグラタン
みさと×ドロップ　レシピー：チェリーパイ
さよなら、かぐや姫～月とわたしの物語～
12歳の約束
シュガーココムー　小さなお菓子屋さんの物語～たいせつなきもち～

白魔女リンと3悪魔　全10巻
世界中からヘンテコリン!?　世にも不思議なおみやげ図鑑 メキシコ&フィンランド編
ぜんぶ、藍色だった。
そんなに仲良くない小学生4人は謎の島を脱出できるのか!?
探偵ハイネは予言をはずさない
探偵ハイネは予言をはずさない　ハウス・オブ・ホラー
探偵ハイネは予言をはずさない　デートタイム・ミステリー
探偵ハイネは予言をはずさない　スクール・ゴースト・バスターズ
探偵ハイネは予言をはずさない　ファントム・エイリアン

転校生 ポチ崎ポチ夫
天才発明家ニコ&キャット　全2巻
TOKYOオリンピック はじめて物語
猫占い師とこはくのタロット
のぞみ、出発進行!!
初恋×ヴァンパイア
初恋×ヴァンパイア　波乱の学園祭!?
パティシエ志望だったのに、シンデレラのいじわるな姉に生まれ変わってしまいました！
大熊猫ベーカリー　全2巻
姫さまですよねっ!?　姫さまVS.暴君殿さまVS.忍者 大坂城は大さわぎ！
姫さまですよねっ!?弐　でっどorあらいぶ！ 竜宮城で大ピンチの極み!!
姫さまですよねっ!?参　姫さまVS.謎の姫君！ でんじゃらすガチバトルDEATH!!

ホルンペッター
ぼくたちと駐在さんの700日戦争 ベスト版 闘争の巻

三つ子ラブ注意報！　モテ男子の目黒くんたちと一緒に住むことになりまして
三つ子ラブ注意報！　モテ男子目黒くんたちの甘すぎる溺愛バトル!?
三つ子ラブ注意報！　モテ男子の目黒くんたちに告白されちゃいました
見習い占い師 ルキは解決したい!!　友情とキセキのカード
ミラクルへんてこ小学生 ポチ崎ポチ夫
メチャ盛りユーチューバーアイドルいおん☆
メデタシエンド。　全2巻
ゆめ☆かわ ここあのコスメボックス　全6巻
4分の1の魔女リアと真夜中の魔法クラス　全3巻
レベル1で異世界召喚されたオレだけど、攻略本は読みこんでます。
レベル1で異世界召喚されたオレだけど、なぜか新米魔王やってます
訳ありイケメンと同居中です!!　推し活女子、俺様王子を拾う

わたしのこと、好きになってください。

Shogakukan Junior Bunko

★小学館ジュニア文庫★
モアナと伝説の海2

2024年12月11日　初版第1刷発行

著／エリザベス・ルドニック
訳／代田亜香子

発行人／畑中雅美
編集人／杉浦宏依

発行所／株式会社　小学館
〒101-8001　東京都千代田区一ツ橋2－3－1
電話／編集　03-3230-5105
販売　03-5281-3555

印刷・製本／中央精版印刷株式会社

デザイン／岡崎恵子

Printed in Japan　ISBN 978-4-09-231500-6